十津川警部　湖北の幻想

西村京太郎

目次

第一章　お市の方

1

「小説時代」の若い編集者、井上は、編集長の小田沼と二人で、渋谷のマンションに、作家の広沢弘太郎に会いに行った。来月から連載してもらう時代小説の打ち合わせのためである。

広沢は、五十歳。時代小説の売れっ子で、自宅は鎌倉にあるが、仕事はたいてい、東京都内の渋谷のマンションでしていることが多く、編集者も、彼に会う時はたいてい、この渋谷のマンションのほうに行くことになっている。

井上が、広沢弘太郎を担当するのは、今回が初めてである。当然、渋谷のマンションに行くのも初めてだった。

会う前、編集長の小田沼から、一つだけ注意された。

「先生のマンションに行くと、美人の女性がいるが、奥さんじゃないから、絶対に奥さんとは呼ぶなよ。彼女は、あくまでも、秘書だから」

と、いわれたのである。

「先生の奥さんは、いったい、何をしているんですか？」

井上が、きくと、

「何だ、知らないのか？　画家の富永美奈子だよ」

小田沼が、教えてくれた。

残念ながら、井上は、その名前の画家は、知らなかった。

広沢弘太郎の部屋は、渋谷区宇田川町の十五階建てのマンションの、最上階にあった。

部屋のベルを鳴らすと、なるほど、三十歳ぐらいの、小柄だが、美人の秘書が二人を迎えてくれた。

編集長の小田沼は、おそらく、この女性のことを奥さんと、呼んではいけないといったのだろう。

小田沼が、井上を、作家の広沢に、紹介してくれた。

「次の連載から、この井上が、先生を担当します。まだ経験は、あまりありませんが、若いので馬力はあります。ですから、こき使ってやってください」

広沢は、二人を、見比べるようにして、

「ということは、小田沼君は、もう私を担当しないのかね？」

「いえ、そんなことはありません。もちろん、私もずっと、先生を担当しますが、もし、必要な参考資料などがありましたら、この井上にいってください。とにかく、馬力がありますから、何でも探し出して、先生にお届けしますよ」

笑いながら、小田沼がいった。

さっきの女秘書が、黙って、コーヒーを入れてくれた。

井上が広沢の座っていた机に目をやると、その上に、女性の写真が飾ってある。和服姿で、年齢は四十歳前後か、きりっとした、いかにも日本女性という感じの写真だったが、女秘書ではない。

とすると、この女性が、広沢弘太郎の妻の、画家だという富永美奈子なのだろうか？

「それで、来月から始まる連載の小説なのですが」

小田沼が、コーヒーを、口に運んでから、広沢にいった。

「今回は、お市の方を書いてくださるそうですが、前から、先生は、お市の方がお好きでしたね？」

「ああ、残念ながら、あれ以上の女性はいないね。今でも私は、彼女が、最高の理想の女性だと思っている」

「ひょっとして、お市の方は、奥さんの富永美奈子さんに、似ているんじゃありませんか？　前に一度、お市の方の肖像画を、見たことがあるんですよ。何となく、奥さんに似ていましたよ」

おせじのように、小田沼がいった。

「まあ、似ているといえば、似ていないこともないなあ。確かに、彼女と知り合った時に、ああ、お市の方だと、思ったことがあるからね。だから、半ばふざけて、私は、家内への手紙に、お市の方へと、書くこともあるんだよ」

広沢は、ニヤニヤ笑った。

「今度、先生の書かれるお市の方は、どんな小説になるんですか？」

と、小田沼がきくと、

「少しばかり、変わった書き方を、してみたいと思っている。史実通りに書いても、面白くないからね」

広沢は、いってから、急に、井上に向かって、

「君は、お市の方を、知っているのかね？」

と、きいた。

コーヒーを、口にしていた井上は、あわててカップを置くと、

「名前ぐらいは、知っていますが」

と、いった。

「名前だけかね」

と、広沢は苦笑してから、

「お市の方というのは、絶世の美人として有名でね。羽柴秀吉と柴田勝家が戦って、勝家が敗れた時、勝家の夫人になっていたお市の方は、夫と一緒に、自刃して死ぬんだ。しかし、それではあまり面白くないから、もし、あの戦いで羽柴秀吉が、勝ったのではなく負けて、柴田勝家のほうが、勝っていたら、お市の方の運命は、いったいどうなっていたか、今度の小説では、それを書いてみたいんだよ」

と、いった。

「それは、面白い！」

小田沼が、少しばかり、大げさな口調でいったあと、

「それで、死ななかったお市の方は、どうなるんです？」

と、広沢にきいた。

「あの時、織田信長は、すでに本能寺で死んでいて、羽柴秀吉が、信長の仇を討って、明智光秀を滅ぼしている。そんな時代だから、柴田勝家、羽柴秀吉、徳川家康、の三者が中央で争い、それから、北の上杉景勝、東に北条氏政、西には、毛利輝元が力を持っていた。史実では、秀吉が柴田勝家に勝って、天下を統一するのだが、もし、あの時、勝家が勝っていたとすれば、どうなっていたか。そうなったら、その中から当然、羽柴秀吉が消える。となると、残るのは徳川家康と柴田勝家、それから、北方の上杉景勝、中国の毛利輝元になる。そして、関東の北条氏だ。秀吉に勝った柴田勝家は、福井だけではなく、近江地方も領有するだろうから、京都に近くなる。そして、当然信長の遺志を継いで天下を統一しようとする。そうなれば、柴田勝家と徳川家康との天下争いになるはずだ。面白いのは、柴田勝家が勝つから、お市の方は、死なない。そうなると、お市の方の運命はどうなるか」

広沢は、ひとりで、楽しそうに喋った。

「どうなるんですか？」

井上がきいた。

「お市の方は、当然、柴田勝家の夫人のままだが、興味があるのは、お市の方の娘三人だ。君は、この三人の娘のことを知っているかね？」

また、広沢が、井上にきいた。

「申し訳ありませんが、まったく知りません」

「いや、知らないことはないだろう？　歴史上では、お市の方は、夫の柴田勝家とともに自害をするのだが、三人の姫君は、城から抜け出して助かるんだ。いちばん上の姫君はお茶々で、豊臣秀吉の側室になって、淀君と呼ばれ、秀吉の子の秀頼を生むんだ。そして、大坂城が陥落した時、秀頼は城と運命を共にし、母の淀君も死ぬ。豊臣家の滅亡だ。つまり、お市の方は、夫の勝家が、豊臣秀吉に滅ぼされたために、北の庄（福井）で自殺するんだが、その娘の茶々は、秀吉と結ばれ、豊臣家の最期をみとるんだ。歴史の皮肉じゃないか。その淀君だよ」

「淀君の名前なら、私も知っています」

「そうだろう。それから、三人目の娘は、お督といい、徳川家康の子の秀忠と結婚して、後に家光を生む。家光ぐらいなら、君も知っているだろう？」

と、広沢が、井上にきいた。

「ええ、もちろん、知っています」

井上が、答えると、広沢は、嬉しそうに笑って、

「君だって、なかなかいろいろと知っているじゃないか」

と、からかうように、いった。

「秀吉が負けたとすると、今、先生のおっしゃったように、お市の方は死にませんし、それから、姫君三人のうちの淀君は、秀吉の側室にはなりませんね。ひょっとすると、政略結婚で、徳川家康の側室になったかも知れませんよ」

小田沼が、考えながらいった。

「確かに、その可能性は大いにあるんだ。とにかく、母親のお市の方に負けず劣らず、三人の姫君はいずれも、大変な美人だったらしいからね。それに、家康は女好きだったし、柴田勝家と手を結んで、北の上杉、関東の北条、それに中国の毛利などと、対抗しようとするだろうから、お市の方の娘の淀君を、側室に迎えたかも知れない。次女のお初（はつ）は、その後、実際には京極高次（きょうごくたかつぐ）と結婚しているが、これはさほど重要ではない。三人目のお督というのが問題で、彼女は、井上君にいったように、家康の子の徳川秀忠と結婚して、何人もの子どもを作っているのだが、その一人が家光で、もう一人が千姫（せんひめ）なんだ」

と、広沢はいった。

「千姫というと、確か、豊臣秀頼と結婚した女性ですよね？」

井上が、頭の中の知識をふり絞るようにして、広沢にいった。

「確かに、その通りだ。秀頼は、大坂城落城の時に死ぬが、千姫は助かって、その後、いろいろと小説に登場するような、数奇な運命をたどっていく。もし、柴田勝家が秀吉に勝っているとすれば、たぶんお督は、歴史通りに、秀忠と結婚しているだろうから、もちろん千姫を生み、家光を生んでいる。となると、千姫はどうなるか、これも作家として、興味があるね」

広沢は、ニコニコしながらいった。

「先生は、明日から、湖北(こほく)のほうに、取材に行かれるんでしたね？」

小田沼がいった。

「ああ、行ってくるよ。何しろ、今度の小説は、賤ヶ岳(しずがたけ)で柴田勝家が勝ったという小説だが、それにしても、つまらないウソは書けないから、実際に湖北の古戦場を見てきたいんだ。あの周辺の、古戦場をこの眼で見て、柴田勝家に勝つチャンスがあったかどうかを調べて、それを小説にしたい」

広沢は、強い口調でいった。

小田沼が、その時、急に声を低くして、

「今度の取材旅行には、秘書さんも一緒ですか？」

と、きいた。

「もちろん、彼女にも、一緒に行ってもらうつもりだ」

と、広沢がいうと、

「お市のほうは、大丈夫ですか？」

「ああ、大丈夫だ」

広沢は、笑いながらいった。

「お市の方だって、結構遊んでいるんだよ。彼女が誰と親しくしているか、君だって知っているだろう？　だから、私が取材旅行に出かけていれば、彼女だって、ゆっくりと自分の人生を楽しめるんだ」

2

社に帰ると、井上が、いきなり、

「わかりませんね」

と、小田沼にいった。

「何が？」

「先輩は、僕に、広沢先生のところに行ったら、言葉には、注意しろっていったじゃありませんか？　マンションにいるのは、奥さんじゃないから、奥さんとはいうなよと。それなのに、先輩は、あの秘書の女性のことについて、広沢先生を焚きつけるようなことを、いっていたじゃありませんか？　お市の方のほうは、大丈夫ですか？とかって」

「ああ、あれは、面白いから、ああいうふうにいったんだ」

「どう面白いんですか？」

「あの広沢先生と、奥さんとの関係だよ。確かに、奥さんは、お市の方みたいな、着物のよく似合う人でね。日本的な美人だが、それでも気性は強い。その辺も、お市の方によく似ているんだ。ただ、お市の方のほうは、柴田勝家が負けた時、夫に殉じて自殺したが、しかし、現在のお市の方のほうは、なかなかの発展家でね。広沢先生がいったように、彼女も浮気をしていると、俺は睨んでいる」

「浮気の相手というのは、いったい、誰なんですか？」

井上が、興味を感じてきく。

「おなじ画家仲間の、確か、山内慶という二十代の若い画家だよ」

小田沼が、教えてくれた。

「しかし、今日行ったマンションの、広沢先生の机の上には、奥さんの写真が、飾ってありましたよ」

「ああ、いつも飾ってあるんだ。まあ、魔除けみたいなもんだろうね」

「魔除けですか」

「ああいうふうにしておけば、もし、奥さんが突然現われても、格好がつくし、自分の浮気を誤魔化すことができるからね。それに、インタビューなんかの撮影では、あの先生は必ず、あの写真と一緒に、写るようにしているんだ。一応、世間的には、作家と画家のオシドリ夫婦ということになっているからね」

　小田沼が笑った。

「ところで、あの女性秘書ですが、あれは、どういう人なんですか？」

「名前は、木村由紀というんだ。確か、三十歳だ」

　小田沼は、いった。

「作家の卵か何か、ですか？」

　井上がきくと、小田沼はまた笑って、

「いや、元は、われわれの同業者だよ」

「編集者ですか？」

　ちょっと驚いて、井上がきいた。

「ああ、K出版の編集者だった。広沢先生の担当をしているうちに、妙なことになってしまってね。編集者を辞めて、秘書になってしまったんだ」

「ということは、彼女は、広沢先生の奥さんとも、前から知り合いなんじゃないですか？」

と、井上がきいた。

「確かに、そういうことがいえるね。奥さんのいるところに、彼女が小説の打ち合わせに行っただろうからね」

「そうなると、奥さんは、彼女のことを怪しんではいませんかね？　今まで編集者だった女性が、突然、先生の秘書になったんですから」

「もちろんそうだろうが、さっきもいったように、あの夫婦は面白いんだよ。お互いに、浮気をしているのがわかっていながら、それでも夫婦を止めない」

「夫婦でいることに、何か、いいことがあるんですかね？」

と、井上はいってから、続けて、

「広沢先生は、売れっ子だから、相当稼いでいるでしょうけど、奥さんのほうは、どうなんですか？」

と、きいた。

「画家としての才能は、あるらしい。しかし、絵が売れているという感じは、あまりないね。ただね、あの奥さん、富永美奈子の実家は、相当の金持ちだと聞いている。だから、最初、広沢先生が売れなかった頃は、奥さんに面倒を見てもらっていたんだ」

小田沼が、いった。

「そういうことがあるんですか」

「あの先生も、売れない時がわりと長かった。売れ出すまで、奥さん、というよりも奥さんの実家に、面倒を見てもらっていたんじゃないかな。鎌倉の家だって、奥さんの父親が買ったという話だからね」

小田沼が教えてくれた。

小田沼の話によると、広沢弘太郎の妻、画家の富永美奈子の父親は、富永製薬の創業者の一族で、現在も、富永製薬では役員をやっているらしい。

「うらやましいですね。そんな女性、どこかにいませんかね？　もし、そんな金持ちの女性と結婚できれば、サラリーマン生活を辞められますから」

冗談めかして、井上がいった。

「君は、まだ恋人は、いないのか？」

「まあ、適当に遊んではいますが、結婚しようかなと思える相手は、今のところ、いませんよ」

井上が、少し照れた顔でいった。

その後で、急に、小田沼は真面目な顔になって、

「来月から、広沢先生の連載を君が担当するんだから、柴田勝家と羽柴秀吉のこと、それから、お市の方のことを、少し勉強しておけよ。あの先生、意地悪だから、突然きいたりするからな」

と、注意した。

（確かに、小田沼編集長のいう通りだ）

と、思い、井上は資料室から、羽柴秀吉と柴田勝家に関する本を、何冊か借りてきて、読み始めた。

羽柴秀吉については、かなり知っていたが、柴田勝家となると、井上はほとんど知らなかった。

お市の方という名前も、知っていたが、しかし、そのお市の方が、柴田勝家という武将の夫人だったということは、知らなかった。それに、彼女が自刃したこともである。

織田信長についても、本で読んだのではなく、テレビで見た記憶に過ぎない。テレビの記憶というのは、バラバラで、系統だって、彼の頭に入っていたのではない。だから、本を読み始めると、やっとそのバラバラの記憶が、系統だって、彼の頭の中でまた再構築されていった。

また、織田信長には、二十五人の兄弟がいたという。その中の妹の一人が、お市の方であることも初めて知った。

信長は、兄弟の中で美貌(びぼう)のお市の方を愛していたらしい。しかし、信長は天下を統一するためには、政略結婚も平気でやった男だから、浅井長政(あさいながまさ)という武将と、手を結ぶために、妹のお市の方を、浅井長政に嫁がせた。

一説によれば、その時、お市の方、十四歳。夫になる浅井長政は、十五歳である。琵琶湖(びわこ)の北、小谷(おだに)城で、その後、十二年間、この若い夫婦は過ごして、二男三女をもうけた。女性三人のうち、その後、秀吉と結ばれる、お茶々が長女で、二人目がお初、そして、三人目が後に秀忠の夫人になるお督である。

その後、浅井長政は、織田信長に敵対する朝倉(あさくら)氏と手を結んで、信長に反抗する。信長は怒って、浅井長政を攻めて、小谷城を落城させた。この時、浅井長政は自害するが、お市の方は助けられて、三人の娘とともに城を抜け、兄の信長の元に戻っていく。

この時、落城する小谷城から、お市の方と子供たちを助け出したのは、秀吉だといわれている。秀吉も好色だから、絶世の美女であるお市の方に、惚(ほ)れていたに違いない。

しかし、なぜか、お市の方は、秀吉とは一緒にならず、二十五歳も年上の柴田勝家と結ばれて、彼の夫人となる。

その間に何があったのかは、はっきりとは書かれていない。小谷城を脱出したお市の方と五人の子供の中、男の子二人は幼くして死んでいる。嫡男を殺したのは、秀吉だという説があり、もし、これが事実なら、お市の方が、秀吉を嫌った理由にもなってくる。

兄の信長が、本能寺で倒れた後、お市の方は、子供たちを連れて北の庄の柴田勝家の城に嫁いでいく。この時、すでに柴田勝家、六十歳。お市の方は、まだ三十代である。三人の娘も一緒だった。

こうして、お市の方は、また柴田勝家と、それに、三人の娘と一緒に、幸せをつかんだかのように見えたが、その後すぐ、夫の柴田勝家が、羽柴秀吉に敗北し、北の庄で自刃してしまう。

この時、柴田勝家は、お市の方に、城を抜け出すように勧めるが、お市の方は、それを断って辞世の歌を残して、夫と一緒に城で死んでしまう。

ただ、三人の娘たちは、城に火がまわる前に、脱出して助かり、その後、長女のお茶々は、秀吉の側室になり、また、三人目の娘、お督は、徳川秀忠の夫人になる。

この時のお市の方の辞世の歌、

〈さらぬだに　打ぬるほども　夏の夜の
夢路をさそふ　ほととぎすかな〉

井上が、お市の方について読んでいて、興味を持ったのは、お市の方と、その三人の娘のことだった。これは、広沢もいっていたことである。

お市の方は、夫の柴田勝家が、羽柴秀吉に攻められて、北の庄で自刃するのだが、その夫と生死をともにする。

ところが、残された彼女の三人の娘のうち、長女のお茶々は、柴田家を滅ぼした羽柴秀吉の側室となり、秀吉の子供、秀頼を生む。

そして、お茶々の妹のお督は、徳川秀忠と結ばれ、そして、千姫を生む。その千姫が、お茶々の子供である秀頼と結ばれるのである。

現在では、この結びつきは不思議だが、戦国時代では、こんなことも、まま、あったことなのだろう。

そうした関係が、井上には、面白いし、また、何か権謀術策そのものとも思える。お市と娘たちは、そんな政略結婚というのは、こんなふうに結ばれていくのだろう。それとも、時代を泳ぎきったのか。

時代に翻弄されたのか。それとも、時代を泳ぎきったのか。

3

三日後の三月二十五日、広沢弘太郎から、原稿が、ファックスで送られてきた。

〈三月二十三日から、予定通り、湖北に取材に来ている。

一昨日は、姉川の古戦場と小谷城趾を見てきた。姉川の古戦場は、織田信長が、朝倉、浅井の連合軍と戦って勝ったところで、小谷城趾のほうは、浅井長政とお市の方がいたところである。城跡のほうは、土塁だけが残っている。

桜並木があったが、この辺りはまだ寒いらしく、桜はまだ、咲いていなかった。

昨日は、柴田勝家と羽柴秀吉の戦った琵琶湖の北、余呉湖の周辺を、車でドライブしてきた。私は運転ができないから、運転は、例によって、お市の方に頼んでいる。

柴田勝家と羽柴秀吉が戦って、秀吉が圧勝した古戦場だが、普通、賤ヶ岳の戦いといわれているが、実際に現地に来てみると、これは余呉湖の合戦といったほうが、正確な気がした。

なぜなら、両軍の戦いは、賤ヶ岳だけではなくて、余呉湖の周辺で、戦い続けられたからである。

この時、柴田軍も羽柴軍も戦死者が多く、余呉湖の水が、死んだ侍たちの血で、赤く染まったといわれている。それが、この余呉湖では、一つのいい伝えになっていると、きいた。

それが面白いので、一応、書いておく。

天正十一年、柴田勝家と羽柴秀吉の軍勢が、戦火を交えた合戦で、多数の死傷者が出た。そのため、余呉湖は、血で真っ赤に染まり、余呉湖のフナは、胸びれから下が赤く染まり、赤色のフナに変わってしまった。

血に染まった水は、余呉川にも流れ出し、そのため、琵琶湖の湖岸から、この川を遡ってきたアユも、口の辺りが赤く染まってしまった。

その後、余呉湖は、元の通りの澄んだ水に戻ったが、血に赤く染まった魚はそのまま、赤いフナは、テリブナ、赤いアユは、ベニササエといわれ、今でもそう呼ばれている。

これが、余呉湖に伝えられている昔話である。

余呉湖の周辺は、散歩道になっていて、車でも行ける。賤ヶ岳にも登ってきた。そこに登ると、余呉湖一帯が見下ろせるのだが、そこに登って、つくづく考えたのは、羽柴秀吉側が勝ったのは、まず第一に、前田利家の寝返り、つまり裏切りだ。前田利家は、例の前田家百万石の基礎を築いた殿様だが、この時、柴田勝家の側についていたのに、肝心のところで、羽柴秀吉の側に寝返った。

というよりも、戦場から消えてしまったんだ。

そのために、勝家側は負けてしまった。これが、第一の理由。

第二の理由は、気候だね。

今も、北陸のほうは寒くて、まだ雪が積もっているらしいが、その雪のために、柴田勝家は、軍勢を動かすのが、遅れてしまった。

それとは逆に、羽柴秀吉のほうは、雪のない岐阜から、この余呉湖の戦場まで、大軍を素早く動かすことができた。この時間差が、秀吉に有利に働いたんだ。タイムラグだ。

この二つがなければ、私は、柴田勝家が勝っていたと、断言できる。それをこの余呉湖周辺の古戦場を歩いてみて、はっきりとわかったね。

あの戦いは、前田利家の裏切りと、気候による時間差がなければ、明らかに勝家が勝っていたんだ。それを、今度の小説に書いてみたいと思っている〉

これが、原稿用紙に書かれた、私信のほうだった。そして、それに、原稿が続いている。

「余呉湖の合戦で、明らかに、柴田勝家が勝っていた」

これが第一章のタイトルだった。

「天正十一年、信長亡き後、天下を争った羽柴秀吉と、北国の雄、柴田勝家は、琵琶湖の北、湖北で相まみえることになった。余呉湖の合戦である。

勝家は、元々、信長譜代の大名で、戦場の勇将である。

それに対して、秀吉のほうは、新参者で知恵は働くが、戦場の勇者とはいえない。

秀吉は、信長が本能寺で倒れた後、明智光秀を討って、一躍、その名を上げたが、しかし、柴田勝家がいる限り、天下の覇権を握ることはできない。そのため、いつか柴田勝家と相まみえることを、覚悟していた。

勝家のほうも、同じだった。

勝家には、織田信長の、譜代の臣という自負があるし、合戦は、自分のほうが巧みだという自信がある。

ただ、彼が領有している場所は、現在の福井県、北の庄である。

冬は雪に覆われて、その雪のために、京の都に出ていくことができない。また、上杉景勝に睨み（にら）をきかせねばならない。現実にそれが原因で、信長の敵討ちが遅れて、秀吉に名を成さしめてしまったのである。

だから、いつかは北の庄から近江に出て、京都に入り、信長に倣って、天下布武の政治をしたい。そのためには、現在、近江にいる秀吉を、打倒する必要があった。

この二人の意思が、ぶつかり合って、天正十一年、秀吉と勝家は、湖北、余呉湖の周辺で戦うことになった。

この時、勝家は、まだ北の庄にいて、甥（おい）の佐久間盛政（さくまもりまさ）が、先陣として、余呉湖の北に陣を張っていた。

秀吉は長浜（ながはま）にいたが、雪のために、柴田勝家の軍勢が、北の庄から出てくるには、まだ時間があると考え、その前に、美濃の岐阜城を収めに、長浜から岐阜に向かった。羽柴秀吉の本隊三万である。

余呉湖の北に、陣を張っていた佐久間盛政は、目の前の長浜城に、秀吉の本隊がいないことを知ると、すぐ、余呉湖周辺にある、秀吉軍の出城を攻めることにした。

この時、佐久間盛政の軍隊は、総勢一万一千。勇将の誉れの高い盛政は、その軍勢を率いて、余呉湖の東、大岩山の砦にいる秀吉方の中川清秀を攻め、この隊を全滅させ、続いて余呉湖の南に陣を取る、桑山重晴の隊をも敗退させた。

柴田勝家のほうは、自分と手を組んでいる前田利家に命じて、羽柴秀吉の部下の軍勢が、反撃してくるのを抑えさせた。

佐久間盛政の軍勢は、余呉湖周辺に陣を取っていた、羽柴秀吉の武将を、次々に壊滅させて、すべての秀吉方の砦を陥落させた。

佐久間盛政から、余呉湖周辺の秀吉方の砦が、すべて陥落したことを知らされると、勝家も、本隊二万五千を率いて、余呉湖の東を南下していった。それに、余呉湖周辺の砦を奪取した佐久間盛政が西から進み、また、前田利家が中央を進む。

主力三万を率いて、岐阜に向かっていた羽柴秀吉は、余呉湖周辺で、自分の部下たちが全滅したのを知って、急遽、余呉湖に引き返すことを決断した。

柴田勝家は、秀吉が、信長の死んだ後、高松攻めを中断して急遽、引き返して、明智光秀を討ったことを、知っていたから、今回もまた、岐阜から驚くほどの速さで、引き返してくると考えた。

岐阜から湖北まで、距離は五十余キロ。

普通に考えれば、この距離を大軍を動かすには、最低でも四刻半（九時間）はかかるだろう。そう見られていたが、柴田勝家は、そうは考えていなかった。

何しろ、本能寺の変の後、中国地方で毛利軍と戦っていた秀吉は、すぐ毛利と和睦すると、たちまち京都の山崎まで引き返し、明智光秀を討ってしまい、柴田勝家を口惜しがらせた前科があるからだ。

それを考えれば、秀吉の大軍は、四刻半の半分ぐらいの時間で、岐阜から長浜に引き返して来るに違いない、勝家は、そう考え、間を置かず田上山の羽柴秀長の軍を一斉に、三方から攻撃した。

秀吉の援軍を待っていた秀長は、たまらずに敗退し、勝家は、それを追って長浜に攻め込んでいった。

戦局によっては、秀吉に呼応するのではないかと危惧していた前田利家も、戦局が、柴田勝家側に有利になるのを見て、勝家に呼応して長浜に向かって、攻め込んでいった。

　それに、余呉湖周辺を制圧した佐久間盛政の軍が、また呼応する。

　勝家の予想通り、秀吉の大軍は、予想の約半分の五時間半後に、急遽、岐阜から引き返してきたが、すでに長浜城は、柴田勝家によって攻め落とされ、余呉湖周辺に陣をしいていた中川清秀らの部下たちも、あらかた、戦死してしまっていて、敗勢はどうにもならなかった。

　この時、突然、徳川家康が、柴田勝家、羽柴秀吉の両軍に、和睦を勧めてきた。

　家康にしてみれば、一方的に柴田勝家が勝利することを危惧したからだ。

　秀吉の力が衰えた現在、和睦をさせて、秀吉方の力を温存させておいたほうが、自分に有利だと、読んだからに違いなかった。

　勝家も、近江一帯を自分の領地にしたので、これ以上、力攻めするのは損だと考えて、家康の言葉を受け入れて、羽柴秀吉と、いったん和睦することにした。

　これによって、勝家は、越後（えちご）から琵琶湖周辺、近江まで、領地を拡大し、京の都がすぐ目の前になった。

　それに引き替えて、秀吉は、近江から追われ、摂津（せっつ）一国だけの小国の主に転落した。

両軍の勝敗の行方を見守っていた、北の上杉、関東の北条、そして、中国地方の毛利は、勝家が勝ったことで、はっきりと、勝家側についた。信長の遺志をついで天下を統一する上で、この三つの勢力は反抗はしないだろう。問題は徳川である。この時、徳川家康は、甲斐、信濃、三河を擁する大きな勢力になっていた。

勝家は、この時、すでに六十歳である。天下を統一するには、時間がない。摂津一国だけの小大名になった秀吉を滅ぼすのは、簡単だが、三河、信濃などを領有する大大名となった徳川家康と戦うのは得策ではない。

何しろ、勝家が、秀吉と天下分け目の戦いをしている間、家康はひたすら兵を動かさず、力を蓄えていたからである。

柴田勝家は、自分の年齢を考えて、徳川家康とは戦わぬことにした。

そこで、勝家は家康に、自分のほうから一つの提案をした。

摂津一国となった秀吉を滅ぼすのは、お互いが手を携えれば、簡単なことである。その後の相談だが、自分は秀吉を滅ぼした後、都に行き天下統一の号令をかける。その時にはぜひ、家康殿にも、協力して頂きたい。

すでに自分は、齢六十歳である。天下統一は、信長公以来の願いであって、自分の手で統一した後は、家康殿に天下を譲っても、まったく惜しくはない。これは、必ず約束する。

勝家は、そう提案し、その証として、お市の方の娘、茶々を家康の側室に差し出し、また、三女のお督を、秀忠に娶らせることにした。

家康のほうも、ここで柴田勝家と争えば、勝てるかも知れないが、何しろ秀吉に勝って勢力を伸ばした、柴田勝家である。もしかしたら、自分が負けるかも知れない。それならば、ここはまず勝家に天下を取らせ、その統一された天下を、そっくりいただければ、それに越したことはない。

家康は、熟慮の上、勝家の提言を受け入れることにした。

その結果、お市の方の娘、茶々は、家康の側室となり、末娘のお督は、秀忠の夫人になった。

これによって、柴田家と徳川家の繋がりは強くなり、この婚姻が結ばれた後、柴田勝家は、一気に摂津に攻め込んで、羽柴秀吉を滅亡させた。

その後、京都に上洛し、天皇に会って、天下統一を宣言する」

原稿の最後のところにも、わざわざ、広沢弘太郎は、こう書いていた。

「実際に秀吉が勝ったときにも、こうして負けると考えるときにも、重要な鍵は、さっきも手紙に書いた二つのことによる。

第一は、前田利家の裏切り。

そして、第二は、気候による時間差である。

この二つが、現実には、秀吉のほうに有利に働いたので、秀吉が勝利したのであって、もし、この裏切りと時間差の問題を、勝家のほうがしっかりと把握していれば、柴田勝家が勝ったのである」

小田沼の後で、この原稿を読んだ井上には、果たして、これから連載の始まるこの小説が、面白いのかどうかわからなかった。

それに、個人的に興味を持った広沢弘太郎と妻で画家の富永美奈子との関係が、本当にどんなものなのかも、わからなかった。

広沢自身が、お互いに、遊んでいるんだからというようなことをいっていたし、編集長の小田沼は、どっちもどっちみたいなことをいって、笑っているが、井上には少しばかり心配でもあった。

もちろん、他人が、夫婦別れをしようがどうしようが、構わないが、しかし、これから、広沢弘太郎の連載を担当することになった井上である。その連載に、夫婦仲が影響しなければいいがと、そんなことが心配になってきた。

「大丈夫なんですかね？」

井上が、声に出して、小田沼にきくと、

「何が？」

「今、広沢先生は、余呉湖に取材に行っているんでしょう？ それも、若い女性の秘書と一緒ですよ。それで、夫婦仲は安心なんですかね？」

「まあ、大丈夫なんじゃないか。君が心配することもないよ」

小田沼は井上に向かって笑って見せた。

4

翌二十六日も、ファックスで、広沢弘太郎から原稿が送られてきた。

例によって、私信が、前についている。

〈今日、長浜に行ってきた。車の運転はいつもの通り、お市の方。

歴史上は、明智光秀に勝った秀吉が、長浜城に居を構え、そこから、北の庄の勝家を破るのだが、私の小説では賤ヶ岳で勝利した柴田勝家、佐久間盛政、それに前田利家の軍勢五万五千が、この長浜で秀吉側の三万と対峙して、激戦の末、秀吉軍を破ることになる。

そんな思いで、この長浜の街を見ると、勝利した勝家が、雪の北の庄から、この温暖な長浜に移ったあとのことをいろいろと想像した。

勝家は、秀吉を破って長浜に居を構えた後、小谷の城に移るのではないか、そんなストーリーが私の脳裏に浮んだ。お市の方のことを考えたからだよ。

なぜなら、小谷の城は、お市の方が十四歳で嫁いだ浅井長政が、長く居城としていたところだからだ。

小谷の城を、織田信長に攻め落とされて、お市の方は城を脱出したが、夫の浅井長政は、この城で自刃している。

お市の方は、この小谷の城で、二人の息子と三人の娘を生んでいる。青春の十二年間を過ごしたのだ。

還暦を迎えた勝家は、そうしたお市の方の思い出のために、小谷の城を再建して、そこに、お市の方を住まわせたのではないだろうか、そんなふうに私は、考えてみた。

その方がストーリーが広がってくる。

柴田勝家は、剛勇無双、ただ強いだけの男というふうに思われているが、そんなことはない筈だ。

何しろ、二十五歳も年上の勝家を、お市の方が、好きになって再婚し、北の庄では、夫とともに自刃したんだからね。それだけ、お市の方は勝家に惚れぬいていたんだ。

もちろん、勝家のほうだって、天下の美女、お市の方に惚れていない筈はない。

だから勝家が、お市の方の十二年間の思い出を考えて、小谷の城を再建し、そこに、しばらく住んだとしても不思議はない。お市の方の子供たちにとっても、小谷の城はなつかしい場所だった筈だ。

長浜を見たあと、私は、お市の方の運転で、安土に廻ってみた。

ここは、織田信長が、三年間かけて天下統一のために、安土城を造ったところだ。

勝家も、秀吉を滅ぼして天下を取った後、信長に倣って、焼け落ちた安土城を再建し、小谷の城から、最後には安土城に移って、そこで人生の最後の花見をしたんじゃないのかね。

私は、そう考える。

それぐらいの気持ちの余裕は、六十歳を迎えた柴田勝家という男には、あった筈である。

余呉湖の合戦で、秀吉に、柴田勝家が勝って、天下を統一し、その統一した天下を約束に従って徳川家康に譲る。

そのあと、晩年の勝家は、お市の方と二人で、老後を楽しんだ。そんな勝家とお市の方を考えるのだが、それにしても、前田利家の裏切りと時間差の問題を勝家が、よく考えていたら、秀吉は負けていたんだ。

そして、柴田勝家が天下を取っていた、私はそう考えている。

このことは、いくら強調しても、強調しすぎることはないと、私は思っている〉

ここで、私信がおわり、小説になる。小説といっても、あらすじの感じだった。

「柴田勝家は、小谷の城を再建し、二十五歳若いお市の方のために、居城を長浜から小谷の城に移した。

この小谷の城は、十四歳のお市の方が、初めて浅井長政と結婚して、住んでいた城である。

この時、お市の方は十四歳、夫の浅井長政は、一歳年上の十五歳。まるで、お雛様（ひなさま）

のような夫婦だったに違いない。

この若い夫婦は、十二年間、小谷の城で、二人の男の子と、三人の娘を得て、楽しく暮らしていた。時代に翻弄(ほんろう)されたお市の方にとって、その頃がいちばん、幸福だったのではないだろうか？

そのままで行けば、お市の方は、浅井長政との間に、幸福な夫婦仲を保ち、二人の息子と三人の美しい娘の成長を、楽しく見守っていたに違いない。

それが、兄織田信長の天下布武の野望のために、夫の浅井長政が殺され、自分だけが城を脱出した。お市の方の気丈な性格を考え、長政との幸せな生活を思うと、夫と一緒に小谷城で死ぬことを考えたに違いない。

おそらく、三人の娘と二人の息子を助けるために、彼女は、城を脱出して兄信長のもとに戻ったのだと思う。

この三人の姫君は、その後、数奇な運命をたどって、それぞれに名を後世に残すのだが、息子のほうは、悲惨な死に方をしている。しかし、勝家が勝てば、少しばかり違ってくる。

私のストーリーでは、柴田勝家は、六十歳の還暦を、再建した小谷城でお市の方と三人の娘とで迎える。この時、お市の方は、二十五歳年下の三十五歳である。

おそらく、その美貌は、ますます美しく輝き、艶やかなことだったろうと思われる。

その後、長女の茶々は、徳川家康の側室となり、次女のお初も、おそらく徳川家の重臣のところに、嫁いだに違いない。

そして、末娘のお督は、史実通り徳川家康の息子、秀忠と結婚しただろう。

息子は幼くして、非業の最期を遂げたが、三人の娘は、それぞれ徳川家康や、あるいは秀忠に嫁いで、母親のお市の方は、ほっとしたに違いない。

その後、夫の柴田勝家は、一気に摂津に攻め込んで、秀吉を倒し天下を統一する。柴田政権の、確立である。

しかし、勝家という男には、天下を統一したいという気持ちはあったが、そのあと、自分の息子や、あるいは甥の佐久間盛政に、継がせようという気持ちはなかったと思われる。

おそらく、家康との約束を守って、家康に政権を譲り、自分はお市の方と二人、小谷城に戻ったか、あるいは雪深い北の庄、自分が長年住んだ北の庄に引きこもって、お市の方との余生を楽しんだ。その勝家は六十五歳で死亡。四十歳のお市の方は、その後の人生をどう送ったか。

ここに書くことは、あくまでも、私の考えるストーリーで、膨らませて、小説として完成させるつもりである。

原稿のほうは、改めて、三日後に、ファックスで送る。第二章のタイトルは『裏切らなかった前田利家』である」

原稿の最後は、そんな言葉で結ばれていた。

井上は、あらすじのように見える、ファックスを読み終わってから、

「一つ、質問してもいいですか？」

と、小田沼にきいた。

「君がききたいのは、この手紙の部分だろう？」

小田沼がきいた。

「そうなんですよ。第一回のファックスにも今回のファックスにも、車で取材旅行をしたと書いてありますけど、運転は、お市の方がしたと書いてあります。でも、お市の方というのは、広沢先生の奥さんの、富永美奈子さんのほうじゃないですか？　それなのにどうして、秘書の木村由紀さんと一緒に、取材に行っていながら、運転は、お市の方なんて書くんですかね？」

と、井上がきいた。

小田沼は、笑って、

「運転は、秘書の木村由紀なんて、書けないだろう？　そんな手紙が後に残って、あの取材旅行の時には、実は、奥さんじゃなくて、秘書が一緒に行っていたなんていわれたらまずいから、わざと、運転は、奥さんのお市の方と書いているんだよ。そのくらい、察したほうがいいぞ」

と、いった。

第二章　ダイイングメッセージ

1

三月三十日、井上は、送られてきた広沢弘太郎の原稿に、手を入れていた。今から正式に、広沢の小説が、始まるのである。

それまでに、取材旅行の様子や、今度書く時代小説のあらすじなどは、送られてきたが、正式に小説の原稿として、送られてきたのは、今回が初めてだった。

さすがに、売れっ子らしく、読みやすい文章になっている。

(これなら、ほとんど、直しを入れなくても済むだろう)

井上は、そう思った。

北の庄は、依然として、まだ雪の中にあった。

今日、柴田勝家は、お市の方や、娘たちを集めて、酒宴を開いた。

今年、勝家は、還暦を迎えている。主君、織田信長が、京都の本能寺で、不運な死を遂げてから、信長に代わって、天下を統一するのは、羽柴秀吉、柴田勝家、そして、三河の徳川家康、そのいずれかであろうと、噂されている。

六十歳の勝家にとっては、今年が、自身最後の天下布武の好機だろうと考えていた。自分に比べて、羽柴秀吉も徳川家康も、まだ若い。そのことを、酒を飲みながら、勝家は、しきりに考える。

(ならば、今年中に、宿敵羽柴秀吉を破って、その勢いで、京都に上洛し、天下に号令をかける。そのことは不可能ではない)

と、勝家は思っていた。

北の上杉景勝や三河の徳川家康、中国の毛利輝元などは、おそらく、自分が秀吉と合戦するとなれば、どちらかに、加担するということもなく、いずれが勝つかを、冷静に見ていることだろう。

勝家の頭の中には、そういう図式が、描かれていた。もし、自分が勝てば、家康も上杉も毛利も、自分に、従うだろう。

酒宴も終わり近くなると、まだ幼い茶々たちは、奥に去り、勝家のそばには、お市の方や、甥の佐久間盛政しかいなくなった。

勝家より二十五歳も若いお市の方は、ますます、美しくなっているように見える。

勝家は、時々、不思議な、気持ちがしていた。

勝家は、自分が武骨者であることを、自覚していた。合戦では、勇猛果敢、誰にも遅れを取ることはなかったし、これからも、遅れを取ることはないだろう。

しかし、お市の方のような、絶世の美女が、自分について、雪深い北の庄に来てくれたことが、時々、不思議に思えるのだ。

浅井長政が自害したとき、お市と長政との間に生まれた娘たちは、いずれもまだ幼なかった。その娘たちは、勝家を慕ってくれていたが、それは、あくまでも、優しいおじいさんという感じだったに違いない。

しかし、お市の方はといえば、美しい盛りである。そのお市の方が、自分と、北の庄に行ってもいい、そういってくれた時、勝家は、歓喜に包まれたが、同時に、自分がなぜ、お市の方に慕われたのか、それが、わからなかった。

お市の方は、少し酔って、ほんのりと、頰を、桜色に染めながら、

「まもなく、雪解けでございますね。そうなった時、殿は、いったいどうなさるおつ

もりですか？」

と、勝家にきいた。

「主君、織田信長公の遺志を継いで、この乱世を、私の力で統一する。その覚悟である」

「そうなれば、羽柴秀吉殿との合戦は、免れませぬ」

お市の方がいう。

「当面の敵は、あの猿だ。明智光秀を討って、驕り高ぶっているが、あの猿を、私は、絶対に許すことができぬ。雪解けとともに、北の庄から打って出て、奴と決戦をする覚悟だ。負ける気はせん」

と、勝家はいった。

お市の方は、ニッコリして、

「ぜひ、羽柴秀吉殿を、お討ちなさいませ。あのような男に、天下を取らせてはなりませぬ」

と、いった。

「あの秀吉が、嫌いか？」

「ええ、あの男だけは、許すことができませぬ」

お市の方は、きっぱりといった。

小谷城で、浅井長政が敗れた後、お市の方は、子供五人と一緒に、小谷の城から脱出して、兄の信長のところに逃げた。

その後、お茶々たち娘三人は、無事だったが、男の子二人は、相次いで殺されてしまった。兄、信長が命じたとされているが、殺したのは、羽柴秀吉だと、お市の方は思っている。

秀吉は、口では、

「信長公の心を汲んで、心ならずも、お二人の命を、縮め申し上げました」

と、お市の方にいったが、お市の方は、そうは思っていなかった。

息子二人は、いずれも、秀吉が、家臣に命じて、殺させたのだと、固く信じている。

秀吉は、明智光秀を討って、摂津に続いて、近江の国も支配し、天下を統一しようという勢いである。

その秀吉を、お市の方は、許せなかった。第一、あの顔が気にくわぬ。いかにも、さかしげである。

それに比べて、柴田勝家は、武骨一点張りだが、誠実だった。そのことで、お市の方は、自分の命を預けてもいい、そう思っていた。

「雪解けが、待ち遠しゅうございます。雪が溶ければ、羽柴秀吉も、同じように、天下統一に、動くと思われます。ぜひとも先手を取って、秀吉殿の野望を、打ち砕いてくださいませ」

お市の方は、繰り返した。

勝家が、甥（おい）の佐久間盛政に向かって、

「お市も今、羽柴秀吉を討って、私の力で、天下を統一せよと、励ましてくれた。私の心は、すでに決まっている。雪解けとともに、大軍を擁して、湖北で、羽柴秀吉と決戦する覚悟である」

と、いうと、盛政は顔を赤くして、

「よく覚悟された。秀吉は、明智光秀を討って、驕り高ぶっているが、その軍勢は、所詮（しょせん）は、烏合（うごう）の衆。われらの力をもってすれば、破れぬはずがない。もし、勝家殿が雪解けとともに、打って出るというのであれば、拙者がその先陣を承る」

と、いった。だが、それに続けて、

「われらの力を、もってすれば、秀吉の軍を打ち破るのはたやすいが、気にかかるのは、三河の徳川、北の上杉、そして、中国の毛利でござる」

と述べた。

勝家は、それに対して、

「今、そなたがいった、徳川、上杉、毛利については、すでに、書状を送ってある。その返事によれば、万一、われらが、羽柴秀吉と合戦をする時は、徳川も上杉も毛利も、動かぬと、私は見ている。どちらが勝つか、静観して、勝つほうに味方する。それに違いない。徳川、上杉、毛利の動きは、斟酌(しんしゃく)するには及ばぬ」

と、いった。

「今、秀吉は、長浜城に軍を置いているということですが、長浜の城にも、秀吉につかず、われらに、味方をする者がいるのではありませぬか？」

と、盛政がいった。

「そなたのいう通り、長浜の衆も、心から秀吉についているわけではない。すでに、長浜衆のうち、山路将監と大金藤八郎の二人が、もし、合戦の場合には、われらの側につくと、誓詞を入れてきている」

「それならば、われらが、長浜城を攻めれば、一撃の下に、秀吉の軍勢を、打ち破ることは、簡単でござりますな」

盛政は、もう合戦に勝ったようなことを、口にした。

「四月に入れば、われらは、この北の庄から打って出て、まず、長浜城で秀吉の軍を撃破して、その後、京に上洛するつもりである」

勝家は、大声でいった。

2

井上が、そこまで、原稿を読んだ時、彼の携帯が鳴った。

原稿から目を離して、井上が、携帯に出ると、編集長の小田沼からで、

「事件が起きた。少し、面倒なことになりそうだぞ」

と、おどかすようにいう。

「いったい、どんな事件が、起きたんですか？」

「テレビを、見ていないのか？」

「今、広沢先生から送られてきた原稿を、読んでいたところなんですよ。テレビのニュースでやるような、大きな事件が起きたんですか？」

「ああ、起きたんだ。とにかく、テレビをつけてみろ」

と、小田沼がいった。

井上は、リモコンを手に取って、スイッチを入れてみた。目の前のテレビに、ニュ

ースが映し出される。

アナウンサーが、しきりに、山内慶という名前をいっている。画面のテロップにも、山内慶、二十八歳と出ている。

井上には、その山内慶という名前に、記憶があった。

確か、広沢弘太郎の妻の、富永美奈子の恋人が、山内慶という若い画家だと、教えてくれたのは、編集長の小田沼のはずである。

アナウンサーが、しゃべっている。

「車の中で、死んでいた山内慶さんは、若手の画家として、将来を嘱望されていました。日展入選二回。画家であるかたわら、また、工業デザインの方面でも活躍していて、その才能を惜しむ声が、大きくなっています。なお、山内さんは、胸と腹を二ヵ所刺されていて、死因は、失血死であろうと、見られています。今のところ、盗まれたものはないので、怨恨の線が強いと、警察は、見ているようです」

アナウンサーの声とともに、車が映し出された。

白のベンツである。どうやら、その車内で、山内慶は、何者かに殺されたらしい。

五分ほどして、また、小田沼から電話がかかってきた。

「テレビを見たか？」

と、小田沼がきく。

「今、見ました。殺された山内慶は、本当に、広沢先生の奥さんの、富永美奈子の恋人だったんですか？」

「ああ、そのことは、何人かの人間が知っていたといっていたんだ」

「テレビでは、車の中で、殺されていたといっていましたが、こうなると、大変なことに、なるんじゃありませんか？　警察は当然、広沢先生の奥さんに、目をつけるでしょうし、広沢先生だって、ゆっくりと、琵琶湖のほうなんかに、行ってはいられないんじゃないですかね？」

井上がきいた。

「そうかも知れないな。そうだ、君はすぐ、警察に行って、事件について詳しいことをきいてきてくれ。殺されたのは、四谷三丁目だから、捜査しているのは、たぶん四谷警察署だろう」

「事件のことをきいて、どうするんですか？」

「もちろん、奥さんと何の関係もなければ、湖北に行っている広沢先生に知らせるんだ。広沢先生も安心して、向こうで、小説が書けるだろうからね」

と、小田沼がいう。

「小田沼編集長は、今、どこにいるんですか？」

「自宅で、ほかの先生の原稿を読んでいるんだ。俺は、君も知っているように、家が三鷹だからね。現場には、すぐに行けないんだよ。君は今、社にいるんじゃないのか？」

「社の近くの喫茶店で、広沢先生の原稿を、読んでいます」

「それなら、すぐに四谷に行ってくれ。何かわかったら、俺の携帯にかけて欲しい。俺の携帯の番号は、知っているな？」

「ええ、知っていますよ」

と、井上は、いった。

3

井上は、いったん社に戻って、広沢の原稿を、自分の机の引き出しにしまってから、タクシーを拾って、四谷に向かった。

四谷警察署には、テレビカメラや新聞記者たちが、集まっていた。その新聞記者の中に、知り合いの顔を見つけて、井上は、詳しい話をきくことにした。

殺された山内慶は、四谷三丁目にあるマンションに住んでいた。そのマンションの七階、2LDKの部屋で、そこには、アトリエも設けていた。

今日、そのアトリエで、秋の日展に出す、絵を描くことになっていて、モデルの女の子が、約束した午前十時に訪ねてきたのだが、山内は、部屋にいないようだった。

彼女は、変に思って、管理人に、山内慶のことをきいた。

管理人は、モデルが来る日に部屋にいないのはおかしいといい、マスターキーで、部屋を開けてくれたが、部屋には誰もいない。

そこで、地下の駐車場を調べたところ、山内の車である、白のベンツが停まっていて、その運転席に、血に染まった山内が、死んでいるのを発見。あわてて、一一〇番した。

これが、事件の発端だった。

「死体は、今、司法解剖のために、新宿（しんじゅく）のT大病院に運ばれているよ」

と、田原（たはら）という新聞記者は、井上に、教えてくれた。

「地下の駐車場だけど、そこは、誰でも入れるの？」

と、井上がきいた。

「マンションの入り口とは、別だからね。誰でも入れるよ」

「警察は、怨恨説を、取っているみたいだけど、被害者の山内は、誰かに恨まれていたんだろうか？」

「それは、まだわからないけど、とにかく、二十八歳の若さで、画家として売れていて、将来が嘱望されていたが、デザイナーとしても一流でね。日頃から、なかなか派手に遊んでいたらしい。ある女性とはとりわけ親しかったらしい」

と、田原は、いった。

「その女性って、誰？」

井上は、知らぬふりをして、きいてみた。

「それが、年上の女性らしいんだ。和服の似合う、なかなかの美人だそうだよ。名前は、まだつかめていない」

と、田原はいった。

それは、たぶん、富永美奈子のことだろうとは思ったが、井上は、それは口にしなかった。広沢弘太郎の原稿のことが、心配だったからである。

一時間ほどして、四谷警察署に捜査本部が置かれ、記者会見があった。

出版社の編集者である井上は、それには同席できなかったが、外で待っていて、田原に、会見の様子をきいてみた。

「まだ、警察は、容疑者をつかんでいないようだが、しかし、一つ、面白いことがわかったよ」

と、田原がいった。

「面白いことって、どんなことだ？」

「これは、捜査本部長が、いったんだが、殺された山内慶は、死ぬ寸前、運転席のルームミラーに、自分の血で、文字を書き残しているらしい。つまり、ダイイングメッセージだよ」

「どんな言葉が、書いてあったんだ？」

「カタカナで、オイチと、書かれてあったそうだ」

「オイチ？」

そう呟いた途端、井上は、お市の方を、連想した。

「そのオイチだけど、警察は、ただオイチとだけ、考えているのか、それとも、そのあとに何か続くと考えているんだろうか？　オイチだけではなくて、その後に、何か、別の文字が、あるように、警察は、思っているんじゃないのかな？」

と、井上はいった。

「そうなんだよ。警察は、死んだ山内が、本当は、オイチノカタと、書くつもりじゃなかったか、そう見ているらしい。記者会見に臨んだ記者連中も、同じように思っているみたいだ。今、中央テレビで、お市の方のことをやっているからね。当然の連想なんだ」

田原は、笑いながらいった。

「しかし、お市の方というと、今から四百年以上も前の女性だろう？　殺人のほうは、現在じゃないか。それなのに、どうして、山内慶は、ダイイングメッセージに、オイチノカタなんて書こうとしたんだろう？　もしかすると、彼は、中央テレビでやっている、お市の方のファンなのかね？」

わざととぼけて、井上は、田原にきいてみた。

「そうかも知れないが、しかし、警察は、お市の方というのは、山内が好きな、女性の愛称じゃないか、そう思っているらしい」

「君は、どうなんだ？」

「そうだな、僕も、そんなところじゃないかと思っている。何しろ、お市の方といえば、大変な美人で、例の淀君の母親だからね。それらしい女性が、山内の周辺にいたとしても、決しておかしくはない。たぶん、その女性は、山内よりも年上で、時々、お市の方というあだ名で呼んでいたのかも知れないからね。僕のこの推理が、正しければ、そのお市の方が、第一の容疑者だということになってくるね」

田原は、井上にいった。

4

井上は、田原と別れるとすぐ、小田沼の携帯に電話をかけた。

「今、四谷警察署の近くにいるんですが、知り合いの新聞記者から話をききました。殺された山内慶ですが、絶命する前に、自分の血で、車のルームミラーに、ダイイングメッセージを、残しているんですよ。そのダイイングメッセージは、カタカナで、オイチと、書いてあったそうです」

「オイチだって？」

と、小田沼の声が大きくなった。

「そうなんですよ。オイチです。どうも、警察は、オイチと書いた後に、まだ何か、文字を書こうとしていたんじゃないか、そう見ているようです」

「オイチという言葉の後に、文字があるとすれば、それは当然、オイチノカタということになるじゃないか。警察は、そんなふうに見ているのか？」

「そうらしいです。警察は、殺された山内が、オイチノカタという、ダイイングメッセージを残そうとして、途中まで書いて、絶命したと思っているようです。記者会見に出た新聞記者たちも、みな、同じように考えているようですよ」

「それは、まずいな。広沢先生の奥さんの富永美奈子が、殺された山内慶の恋人だということは、何人かの人間が知っていることだからね。当然、警察だって、富永美奈子に目をつけるはずだ。その結果、広沢先生が、どういう気持ちになるかだな。平気で、小説の続きを、書いてくれればいいんだが、ゴタゴタに巻き込まれて、小説が書けなくなったりしてしまうと、ウチとしては、大損害だからね」

と、小田沼がいった。

「広沢先生は今、琵琶湖のほうでしょう？　あの美人秘書と、一緒なんですか？」

「もちろん、そうだろう」

「それで、広沢先生は、事件のことを、知っているんでしょうか？」

「それは、わからんね。あの先生は、小説を書き出すと、テレビなんか見ないから、まだ知らないかも知れないな」

「じゃあ、どうするんですか？　小田沼さんは、広沢先生に、事件のことを知らせるつもりですか？」

「バカなことを、いいなさんな。今もいったように、広沢先生には、ウチに連載中の小説を、書き続けてもらいたいんだ。だから、先生の心を、乱すようなことは、教えないほうがいい」

小田沼がいった。

「しかし、新聞を見たら、イヤでも、今度の事件について、知ってしまうんじゃありませんか？」

「まあ、その時は、その時だよ。何もこちらから、進んで知らせることはない。君も、広沢先生には、無闇に電話はするなよ。もし、先生から電話があったり、こちらから電話をすることがあっても、連載小説のことだけに限定して話をしろ」

小田沼は、強い口調でいった。

5

四谷署の捜査本部には、十津川警部と、部下の刑事たちが集まっていた。

すでに、第一回の記者会見は、済ませてしまっている。

「ダイイングメッセージは、オイチノカタで決まりですか？」

亀井が、十津川にきいた。

「本部長も、ダイイングメッセージは、オイチではなくて、オイチノカタだと考えている。記者連中も、同じらしいよ」

「これで、殺された山内慶の周辺に、お市の方と呼ばれるような、女性がいれば、その女性が、容疑者第一号ということになりますね」

「そういうことだ。まず、それから調べてみようじゃないか」

と、十津川もいった。

司法解剖の結果が、電話で、報告されてきた。死因は、胸と腹を、刺されたことによる、失血死だという。それは、死体を見た時から、だいたい想像されていたことである。

問題は、死亡推定時刻だった。

それによれば、昨夜二十九日の、午後十一時から十二時の間だという。

死体が発見されたのは、今日、三月三十日の午前十時、正確にいえば、午前十時十五分である。

山内慶は、昨夜遅く、どこからか帰宅して、車を地下駐車場に停めた。そこで、犯人に胸と腹を刺されて、死んだ。そう見たほうが、いいようである。

犯人が、地下駐車場で、帰宅してくる山内慶を、待ち伏せしていたのか、それとも、彼の車で、一緒に、マンションまで帰ってきた人間が、駐車場に車を停めた途端に、山内慶を刺して、逃げたのか、そのどちらかだろう。

使われた凶器は、まだ見つかっていない。

とすれば、犯人が、その凶器を、持ち去ったのか、あるいは、どこか、マンションの近くに捨てたのだろう。

とにかく、十津川は、部下に命じて、マンションの周辺で凶器を探させた。

その一方、十津川は、七階にある山内の部屋を、部下と一緒に、入って、調べてみることにした。

七階の山内の部屋は、2LDKのなかなか広い部屋だった。ベランダに面した二十畳ほどの部屋が、アトリエになっている。

彼の描き上げた絵が、いくつも見つかった。風景画もあるが、人物を描いたものが多い。その人物画も、どこか、ピカソを思わせるタッチで、その人物画から、描かれたモデルを想像するのは、難しかった。

「こういう絵は、どうも苦手ですよ」

と、亀井は、肩をすくめた。

「私はもっと、美しい女性は、美しく描いて欲しいですね」

「カメさんらしいな」

と、十津川は笑った。

「しかし、こんな抽象画でも、モデルは必要みたいですね。何しろ、秋の日展に出す絵を描こうとして、山内は、今日の、午前十時にモデルを、呼んでいるんですから」

と、西本がいった。

「そのモデルと、このマンションの管理人の二人が、地下の駐車場で、山内の死体を発見したんだ」

と、十津川はいった。

モデルの名前は、田中純、二十歳。

その話によると、彼女は、モデルクラブに属していて、今日の午前十時から、山内慶のところに行くようにと、いわれていたという。

ところが、約束の時間通りに来たのに、彼は留守で、管理人にきいてみると、探してくれて、そして、死体を発見したと、モデルの田中純はいい、このマンションの管理人も、同じような証言をした。

とすると、殺された山内は、今日から、モデルを呼んで、秋の日展に出す絵を、描こうとしていたことは、間違いないだろう。

管理人にきくと、山内慶は、二年前から、このマンションに、住むようになってい

て、時々、女性が出入りするのを見かけたという。

「それは、同じ女性ですか？」

と、十津川がきいた。

管理人は、笑って、

「いいえ、何人もの女性が、来ていましたよ。山内さんは、画家としても、日展に何

回か入選していますし、デザイナーとしても、有名らしくて、それに、あの通り美男

子ですからね。つき合っていた女性は、何人もいたようです」

と、いった。

「その中に、山内さんが、お市の方と、呼んでいた女性はいましたか？」

「それは、わかりませんね。山内さんが、私に向かって、今日の女性はお市の方だ、

なんていいませんからね。名前は、まったく知りません。しかし、二十代の女性もい

れば、中年の女性もいましたよ」

と、管理人はいった。

翌日になると、十津川は、亀井と二人で、山内慶の画家仲間や、デザイナー仲間に、

会ってみることにした。

二十代の画家で、こちらも、日展に入選したことのある、向井という画家に、十津川と亀井は会った。

「昨日、山内さんが殺されたことは、ご存じですね？」

十津川がいうと、相手は、うなずいて、

「もちろん、知っていますよ。大変残念ですね。彼は、画家としても、デザイナーとしても、将来を大いに嘱望されていましたから」

「山内さんは、女性にモテたと思うのですが、彼がつき合っていた、女性の名前を、ご存じありませんか？」

「女性にモテていたことは、よく知っていますよ。しかし、山内は、わりと私生活を明かさない人間でね。だから、どういう女性とつき合っていたのか、わからないんですよ。それは、僕だけじゃなくて、ほかの仲間も、知らないと思いますよ」

と、向井がいった。

「彼が、つき合っていた女性の中で、お市の方というニックネームで、呼ばれていた人を、知りませんかね？」

十津川が、きくと、向井は首を横に振って、

「今もいったように、山内は、私生活を見せませんでしたからね。モテていたのは、私も知ってますが、彼が、どんな女性とつき合っていたのかは知りません。ですから、お市の方という、ニックネームの女性のことも、まったく知らないんですよ、申し訳ありませんが」

と、いった。

十津川と亀井は、次に、デザイナー仲間で、山内よりも、一回り年上の、柴崎(しばざき)というデザイナーに、会った。

柴崎も、十津川と亀井に向かって、

「山内のことは、よく知っていますよ。大変な損失だ」

と、いった。

「山内さんがつき合っていた女性の中で、お市の方と呼ばれていた女性のことは、知りませんか？」

と、十津川がきいた。

「お市の方というのは、ちょっと記憶にありませんね。私が知っている女性は、同じデザイナー仲間で、高柳(たかやなぎ)かおりという、若い女性でしてね。彼女も、センスはいいんで、その彼女が、山内とつき合っていたのは、知っているんです」

「その高柳さんという女性とは、どこに行けば会えますかね？」

と、十津川がきいた。

「たぶん、自宅のアトリエで、仕事をしていると思いますよ」

柴崎は、その場所を教えてくれた。

彼女の仕事場は、有明にあった。最近できた、超高層マンションの中の2DKの部屋である。

幸い、その部屋に、問題の高柳かおりは、いてくれた。

十津川がきくと、彼女は、仕事の手を休めて話をしてくれた。

「山内さんが殺されたときいて、すごくショックを受けているんですよ。あの人の才能は、大変なものでしたからね」

と、かおりはいった。

「あなたは、死んだ山内さんとは、つき合いがあったそうですね？　柴崎先生から、おききしましたよ」

「ええ、仕事の上の、おつき合いでしたけど、よく会っていましたよ」

と、かおりがいう。

「山内さんは、女性にモテたようで、あなたのほかにも、つき合っていた女性が、いると思うんですが、その中に、お市の方という愛称で呼ばれていた女性を、ご存じありませんか？」

と、十津川はきいてみた。

「お市の方ですか？　お市の方って、戦国時代の美人じゃありませんか？」

「その通りです。織田信長の妹で、当時、いちばんの美人じゃないかと思われています。ですから、山内さんが、お市の方と、呼んでいたとすると、かなりの美人じゃないかと思うんですよ」

「お市の方ですか」

と、繰り返してから、かおりは、しばらく考えていたが、

「そういえば、山内さんから、お市の方という言葉を、きいたことがありますよ」

「そのお市の方が、どういう女性なのか、どこに住んでいるのか、そんなことがわかれば、こちらとしても、助かるのですがね」

と、十津川はいった。

「確か、何かのパーティの時に、山内さんがいったんですよ。確か、あの時、私があの美人は誰かきいたんですよ。そうしたら、山内さんが、ちょっと照れながら、あれは、お市の方なんだ、そういったのを、覚えているんです」

「どういう女性でした？」

「確か、和服のよく似合う、四十歳ぐらいの女の人でした」

「四十代で、和服の似合う女性ですか？」

「ええ、確か、私も、その女性の美しさに、見とれて、つい、どういう人なのかを知りたくなって、山内さんに、きいてしまったんですから」

「何かのパーティの席だと、おっしゃいましたね？」

「ええ、あれは、去年の秋頃でした。確か、画家や、デザイナーの、集まるパーティでしたよ。そこで見たんです」

と、かおりはいった。

「去年の秋ですか？」

「ええ、確か、十月頃だったと思います。絵描きさんや、デザイナーが集まったんですから、そういうパーティだったに違いないんですよ」

「そのパーティが、どういう目的の、パーティだったか、何とか、思い出してくれませんか？」

と、十津川が頼んだ。

「ちょっと、待ってくださいね。そのパーティの招待状が、どこかにあるかも知れませんから」

と、かおりはいった。

かおりが、机の引き出しを調べて、探してくれたのは、確かに、あるパーティの招待状だった。

〈太田黒先生の人間国宝認定を祝う会〉

パンフレットには、そう書いてあった。

「この太田黒先生というのは、どういう方ですか？」

「私たちの大先輩です。画家としても有名ですけど、陶芸家としても有名で、いわゆる人間国宝になられたんですよ。その記念パーティが、確か、四谷のホテルで開かれて、その時に、私も出席して、その会場で、あの美しい女性にあったんです」

かおりは、思い出す感じでいった。

（これなら、その女性を、突き止めることは、簡単だろう）

と、十津川は思った。

十津川と亀井は、かおりに礼をいって、マンションを出ると、今度は、太田黒という人間国宝に、会ってみることにした。

太田黒の家は、渋谷区松濤(しょうとう)にある、かなり大きなお屋敷だった。

「あのパーティには、たくさんの人が来てくれましてね。本当に、嬉(うれ)しかった」

と、謙虚にいった。

「その参加者の中に、今回殺された、山内慶さんもいたんですね？」

「その通り。本当に、彼の死は残念ですよ。才能のある若者でしたからね」

本当に、悔しそうに、太田黒はいった。

「そのパーティの席上で、和服姿の四十代の女性が、いたんですが、ご存じありませんか？　美人で、お市の方と呼ばれていたと、思われる女性なんですが」

十津川がきくと、太田黒は笑って、

「ええ、その女性なら、私も、よく知っていますよ」

と、いった。

「どういう人ですか？」

「画家の、富永美奈子さんですよ。確かに、和服が、よく似合っていましてね。美人で、凛(りん)としたところがあって、お市の方と呼ぶ人もいましたよ」

「富永美奈子さんという絵描きさんですか？」

「ええ、そうですよ。ダンナさんは、小説家です」

と、太田黒はいった。

「人の奥さんですか？」

「ええ、人妻ですよ。でも、画家として有名だから、ご主人の姓を名乗らずに、富永美奈子という名前で、絵を描いています。なかなかの才媛ですよ」

と、太田黒はいった。

「ご主人の作家の名前は、わかりますか？」

「確か、広沢弘太郎という、時代物を書く作家さんですよ」

と、太田黒は教えてくれた。

6

（これで少し、捜査が進展した）

と、十津川は思った。

何しろ、殺された山内慶が、ダイイングメッセージとして残した、お市の方の正体が、わかったからである。

十津川は、黒板に、

〈富永美奈子＝お市の方〉

と、書いた。

7

十津川は、画家の富永美奈子に、会ってみることにした。

自宅を訪ねてみると、そこには、広沢弘太郎という名前と、富永美奈子という名前が、並べて、表札に書かれてあった。

しかし、いくらインターフォンを鳴らしてみても、中からは返事がない。

さらに、しつこく、十津川がインターフォンを鳴らしていると、隣りの家から四十代の女性が出てきて、

「お隣りは、お留守ですよ」

と、十津川にいった。

「ご夫婦揃って、お留守なんですか？」

十津川がきいた。

「確か、ご主人のほうは、四、五日前から、取材で、関西のほうに、行ってらっしゃるみたいですけど、奥さんのほうは、昨日、外出なさるのを見ましたよ、車で。今、車がないでしょう？　だから、まだ帰ってきていらっしゃらないんじゃないですか？」

その女は、親切に教えてくれた。

「昨日から、出かけているんですか？」

「ええ、そうですよ。車に乗って、出かけるのを見ましたもの。確か、昨日の午前十時頃でした」

と、隣りの女がいった。

確かに、車庫を覗（のぞ）くと、車の姿がない。

とすれば、昨日の午前十時頃、富永美奈子は、車に乗って出かけて、まだ帰ってきていないらしい。

「夫婦揃って、お出かけじゃあ、どうしようもありませんね」

亀井が、肩をすくめるようにして、いった。

仕方なく、十津川と亀井は、捜査本部に戻った。

「今のところ、富永美奈子が、容疑者第一号ですね？」

と、亀井がいった。

「その線でいけば、容疑者第二号は、富永美奈子の夫の広沢弘太郎になる」

十津川がいった。

「つまり、奥さんの浮気相手を、ヤキモチを焼いたご主人が、殺してしまったということですか？」

亀井がきいた。

「物盗り（ものとり）の犯行じゃないんだから、殺された山内慶とつき合っていた、お市の方こと富永美奈子は、当然、容疑者第一号だし、その富永美奈子の夫である、小説家の広沢弘太郎は、容疑者第二号だ」

十津川は、断定するようにいった。

「富永美奈子に、会って、話をききたいし、夫の広沢弘太郎にも、会って、話をきいてみたいもんですね」

と、亀井がいった。

「その二人が、夫婦揃って、外出しているという、そのことにも、何か引っかかるものが、あるよ」

と、十津川はいった。

第三章　虚実の間

1

広沢弘太郎から第二回の原稿が、ファックスで送られてきた。

井上が、まず、それに目を通し、手を入れたあと編集長の小田沼に渡される。

第二回の原稿は、次のような言葉で始まっていた。


勇猛をもって鳴る佐久間盛政の兵、七千は、余呉湖周辺に、築かれた羽柴秀吉軍の砦(とりで)を、次々に落としていった。

最後まで抵抗したのは、余呉湖の南、賤ヶ岳に、陣を張っていた羽柴秀吉方の、福島正則(ふくしままさのり)、加藤清正(かとうきよまさ)など七人の若い武将の砦だった。さすがに、彼らは、頑強に佐久間盛政の軍に抵抗した。

しかし、佐久間の軍は七千、それに比べて、福島正則、加藤清正たちの軍は、総勢三千にも満たない。次第に、彼らは、佐久間盛政の軍に圧迫され、賤ヶ岳で次々に討ち死にしていった。

賤ヶ岳で勝利を収めると、佐久間盛政は、すぐ、北の庄にいる柴田勝家に、余呉湖周辺は、すべてわれらの手に落ち、これから、羽柴秀吉の本陣のある、長浜に向かうと知らせた。

満を持して、待機していた柴田勝家、柴田勝政、それに前田利家らの五万五千の大軍は、北の庄を出ると、まっすぐに、羽柴軍の本陣のある、長浜へと向かった。

その時、羽柴軍は、堀秀政の五千が長浜にいるだけで、秀吉の本隊三万は東進して、岐阜を攻めていた。その時、岐阜では、勝家の友、滝川一益が守りを固めて、秀吉軍を迎え撃った。

秀吉の計画では、自分が動いて岐阜を攻めるとすれば、勝家や佐久間盛政は、北の庄から出陣してくるだろう。それを急遽、岐阜から引き返して、長浜で迎え撃つ。そうすることによって、柴田勝家や佐久間盛政を、攻め滅ぼすことができる。秀吉は、そう計算したのである。

問題は、羽柴秀吉の本隊三万が、どれだけの早さで岐阜から、主戦場になるであろう長浜まで、引き返せるかということだった。

当時の常識から見て、三万もの大軍が、岐阜から、長浜まで引き返すには、最低でも丸一日が必要と考えられていた。保守的な柴田勝家や、佐久間盛政も同じように考えるであろう。

それを半日で引き返せば、柴田勝家や佐久間盛政の、不意を討つことができる。秀吉は、そう計算していた。

しかし、柴田勝家は、ただの勇猛の士ではなかった。冷静に事態を見極める目を、持ち合わせていた。

勝家が考えたのは、明智光秀が羽柴秀吉に滅ぼされた、戦いのことだった。なぜ、明智光秀が、いとも簡単に、羽柴秀吉に敗れてしまったのか……。

光秀は、本能寺で主君の織田信長を討った後、京都に留まり、信長の志を継いで、天下統一の野望を持ち、自分に協力するよう大名たちに、勧誘の手紙を出して、その反応を待っていた。

その時彼が、いちばん恐れていたのは、西国で、毛利の軍と、戦っていた羽柴秀吉である。徳川家康は京都にいたが、明智軍に追われて、命からがら、三河に逃げ帰っている。

柴田勝家は、北の庄から出てくる気配がない。上杉も北条も同じように、自分の領土から出て明智と一戦を交える様子はなかった。

唯一、警戒するのは、備中高松城攻めに当たっている羽柴秀吉の五万の大軍だったが、光秀の見るところ、秀吉が、毛利と和解して、京都まで引き返してくるには、少なくとも数日はかかる筈だった。

光秀は、そう計算していたのだが、それが誤算だった。

秀吉は、信長の死を知ると、素早く毛利と停戦し、すぐに軍を引き返した。

そして、光秀が数日かかると思っていた距離を、わずか二日間で走り抜け、三日目には、山崎で両軍が、戦っていたのである。

光秀は、計算を間違っていた。

彼が、秀吉の軍が、引き返してくるのに数日かかるとは思わず、二日で来るであろう、そう思って、陣をしいていれば、あれほどの敗北はなかったに違いない。

今、柴田勝家は、明智光秀が、なぜ失敗したか、それを考え、岐阜にいる秀吉の軍三万は、おそらく、丸一日もかからず、数時間で長浜に引き返してくるであろうと計算した。

そうして、長浜城の北に、強固な陣地を構築し、また、余呉湖の周辺で勝利した佐久間盛政には、横から羽柴軍を攻撃すること、また、前田利家の七千には、上杉景勝ににらみを利かせて欲しい。そう依頼していた。

秀吉の軍は岐阜攻めを中止すると、十三里(約五十二キロ)をわずか五時間で長浜に引き返してきたが、それを予想していた勝家の軍二万五千と、余呉湖周辺の戦いで勝った佐久間盛政の軍一万一千が、同時に、長浜に到着したばかりの羽柴軍を攻撃した。

岐阜から引き返して来て、疲れの取れぬ羽柴秀吉の軍三万は、次第に劣勢に追い込まれ、そして、ついに敗走を始めた。

長浜の戦いで、柴田軍に完敗した羽柴秀吉は、西に向かってのがれた。

岐阜で、羽柴軍と対峙(たいじ)していた滝川一益は好機到来と見て、城から打って出た。

敗走する秀吉軍が、姫路(ひめじ)の城に入った時には、三万の軍は、十分の一の三千に減っていた。そのため、秀吉は、姫路の城に入ったからといって安心しているわけにはいかなかった。

一方、柴田勝家と佐久間盛政の軍は、次第に勢力を増して、今や、五万の大軍になっている。

毛利は、秀吉とは別に、仲がいいわけではない。秀吉に、高松城を攻め落とされ、城主が切腹した恨みを持っている。

もし、正面から、柴田勝家の軍、五万が押し寄せ、背後から毛利の軍に、攻め込まれたら、姫路城三千の羽柴軍は、ひとたまりもないだろう。

「わしの命運も、もはや、これまでか。信長公の遺志を継いで、天下布武の願いをかけていたが、それも、ここで終わりになる。無念である」

秀吉は、参謀の黒田官兵衛に向かっていった。ところが、官兵衛は、ニッコリして、

「おそらく、柴田勝家の軍は、この姫路城を攻めてはこないと思われます」

「どうして、そんなことが、いえる？　柴田の大軍が来たら、この城はひとたまりもないぞ」

「確かに、この城は、ひとたまりもないでしょう。しかし、柴田勝家は、この姫路の城を攻めはいたしますまい」

「どうしてだ？」

「われらの背後に、毛利がいますが、しかし、柴田勝家の背後には、徳川家康がおります。東には北条もおりますから、勝家は、ここは、殿を攻め落とすよりも、徳川や北条を牽制するためには、殿が生きていたほうが、大いに力になる。おそらく、そう考えると思われます。ですから、この姫路の城は、攻めはしまいと、私は考えます」

官兵衛が説明した。

黒田官兵衛が、いったように、柴田勝家と佐久間盛政の率いる大軍は、京都に入ると、そこで歩みを止めてしまった。

姫路の城にいる、羽柴秀吉を攻めようとはせず、京都に、自分の部下を、奉行として置くと、すぐ長浜に引き返した。

黒田官兵衛が読んだように、背後に、徳川家康や、北条がいるためだった。

秀吉と戦う前に、勝家は、徳川家康に書面を送って、もし、自分が長浜の合戦で勝利し、天下を統一することができたら、ただちに、隠居して、実権を家康殿に譲ることにする。神明に誓って、この約束を反故にすることはない。そのためには、どうしても、家康殿の助力を得たい。そう、手紙で書き送っていた。

家康は、それを守って、長浜の戦いには、軍を、動かそうとはしなかった。

しかし、今、勝家が播磨まで攻め込んで、秀吉と戦えば、おそらく、家康は軍を動かして、勝家の背後を突くだろう。

この時代、約束など、何の助けにもならないのである。隙を見せれば、家康は、間違いなく、勝家の背後を狙うに決まっていた。そのほうが、簡単に、天下の実権が握れるからである。

それを考えて、勝家は、急遽、近江の国、長浜の城に戻ったのだった。

長浜の城には、北の庄から、お市の方と三人の娘が移っていて、凱旋する勝家を迎えた。

2

長浜の城内で、会議が開かれた。その席で、勝家は、自分の考えを、部下の武将たちに伝えた。

「今、京都に上って、朝廷と手を結び、勅命を受けて、天下布武の号令を発することは、それほど難しいことではない。それができれば、主君、信長公の遺志を継ぐことにもなる。ただ、私は、羽柴秀吉との戦いの前に、徳川家康殿と約定を結んだ。いったん、私、柴田勝家が天下を統一した後は、隠居して、その実権を家康殿に譲ろう。そういう約束をしたのだ。今までのところ、家康殿は、その約束を守っている。とすれば、私もまた、その約束を、守らねばならぬ」

勝家がいうと、その言葉に対して、

「馬鹿馬鹿しい」

と、吐き捨てるように、いったのは、甥の佐久間盛政だった。

「この戦国時代、いぜんとして、まだ群雄割拠しております。その中で、われらは、大軍を擁して、京にのぼり、天下統一の号令を発する。そして、われわれは、柴田幕府を作ろうではありませんか？　何も、徳川家康に遠慮する必要はありませぬ。天下は、力のある者が手にすべきものです。今回の長浜の戦いに、徳川家康は、確かに約束を守って動かなかった。しかし、同時に、何の痛手も受けてはおりませぬ。秀吉を破ったのは、われわれです。われわれこそ、天下の実権を握り、天下統一の号令を発する資格があるのです。柴田幕府の基礎を築けば、われらの力は、永遠ではありませぬか。それをどうして、一片の紙の約束を守って、実権を、徳川家康に、譲らなくてはならぬのですか？　私は、そんな馬鹿馬鹿しい約束には、断固として反対する」

ほかの武将たちも、一斉に、賛同の声をあげた。

「もし、徳川家康が、約束を守れと、迫ってきたら、ただちに、徳川の軍を迎え撃ち、関東まで攻め入っても、構いませぬぞ」

と、一人がいった。

そんな武将たちの話を、きいていると、勝家の心にも、次第に、家康との約束を守る必要は、ないのではないかという気持ちが、強くなってきた。

確かに、天下は、力ある者徳ある者のものである。今、羽柴秀吉の軍を、破った力をもってすれば、徳川家康を、破ることも、そう難しいことではない。

そんなふうに、勝家は、考えるようになっていた。

「それではまず、京にのぼり、朝廷と手を結んで、天下統一の号令をかけようと思う。その後は、隠居することも、家康殿に、この天下を、禅譲する気も、なくなってきた」

と、勝家はいった。それを聞いて、武将たちが、手を打ち鳴らした。

会議の後で、勝家は、お市の方に向かって、

「佐久間盛政などは、天下を統一した後は、家康殿に禅譲する必要はなし。実権を握って、柴田幕府の基礎を築きたい。そう申しているが、そなたはどう思うか、その気持ちをききたい」

と、いうと、お市の方はニッコリして、

「私も、佐久間様に同感でございます。天下を統一した後、何を好き好んで、徳川家康殿に天下を、禅譲なさろうとするのですか？　もし、そんなことをすれば、あなたは、諸大名から、愚か者と笑われますよ。私の兄は、天下を統一しようとして、その志半ばで、亡くなりました。あなたは、その兄の志を継いで、この天下を統一し、末永く実権を握っていらっしゃいませ。それこそ、私や、亡くなった兄が望んでいるこ

とでございます。

と、いった。

「しかし、私は、今回の戦いの前、徳川家康殿と約束をしてしまった。その約束を破るのは、武士として、後ろめたい」

勝家がいうと、お市は、キッとした顔になって、

「あなたさまの武勇は、天下に鳴り響いております。また、今回の長浜の戦いで、羽柴秀吉を破ったことで、あなたさまの名声は、それこそ、北から南まで知れわたりました。そのあなたさまが、天下を統一されるのは、当然でございましょう。天下の大名方は、誰も、そのことに反対はなさらないと思いますよ。もちろん、徳川家康殿も同じです。そのあと殿が、ひたすら力を蓄えて、徳川家康殿をも打ち破ってしまえばよろしいと、私は、思っております。もし、徳川家康殿が滅びてしまえば、柴田家は、代々にわたって、安泰ではありませぬか?」

「あなたも、それを望まれるか?」

確かめるように、勝家がきく。

「私は、織田信長の妹でございます。今も申し上げたように、兄は、天下布武の志を持ちながら、その志半ばで亡くなりました。私は、勝家様に、兄の志を継いでいただ

きたいのですよ。その志を、ほかの誰にも、譲ってはなりませぬ」

お市の方は、強い口調で勝家にいった。

「徳川家康殿が、約束を守れと、迫ってきた時は、どうすればいいと思われるか？」

勝家は、そんな質問を、お市の方にぶつけてみた。

お市の方は、あでやかに笑って、

「その時こそ、天下の諸大名に向かって、家康殿、謀反のことありと告げて、一気に、家康殿を叩き潰してしまわれたらよろしいと、私は、思います。また、それができる勝家様ではありませぬか？」

「その時、果して、諸大名は、わしに味方してくれるだろうか？」

「もっと、自信をお持ちなさいませ。当今、第一の勇将といわれる方は、どなたでございます？」

「そうだな。わしの見るところ、滝川一益殿だろう。亡き信長公は、武田を滅ぼした第一の功労者は、滝川一益といっておられた」

「その滝川様は、どうでございます？」

「あの男は、何をおいても、わしを助けてくれる筈だ」

「北の前田利家様が、もっとも苦しかった牢人時代、利家様を助けられたのでは、ございませぬか？」

「その通りだ。だから、いつも、あの男は、わしの味方になってくれる」

「佐々成政様も、強いお味方でございましょう」

「あの男は、信頼している」

「では、徳川家康殿と事を構えたとき、どなたのことを、心配なさっていらっしゃるのですか？」

お市の方に問われて、勝家は、考え込んだ。今、一番のライバルは、徳川家康である。その家康と戦いになった時、警戒すべき人間の名前を考えてみた。

その名前を、口にする。

「まず、北の上杉景勝がいる。あの男は、わしが、秀吉と事を構えたとき、秀吉側について、北国での勢力を広げようとした」

「でも、結果的に、上杉様は、何も出来ませんでした。つまり、それだけの力量の方でございますよ」

「関東には、北条氏政、氏直親子がいる」

「北条様の望みは、何でございましょう？　あなた様と同じ、天下統一でしょうか？」

「いや、あの親子の野心は、関東の支配だ。だから、家康と手を結んだり、奥州の伊達政宗と連携したりしている」

「それならば、禦しやすいではございませぬか」

と、お市の方は、事もなげにいった。

「北条親子には、どう処すればよいと思う？」

「簡単でございます。家康殿と戦いになったときには、北条様には、関東一円の支配を委せる旨を、約束なされればいいと思います」

「それで、あの親子は、味方につくか？」

「それは、わかりませぬ」

と、お市の方は、笑って、

「でも、もし、家康殿が勝てば、関東一円は徳川家のものになって、北条様の野心は、消えてしまいます。そう考えれば、北条様が、家康殿の勝利を望む筈がありませぬ」

と、いう。

勝家は、お市の方の自信に満ちた言葉を聞いていると、不思議な気持ちになってくる。

勝家は、お市の方の美しさに憧れて、彼女を、北の庄へ連れて行った。しかし、彼女には、もう一つの資質があることに、気付いた。いや、気付かされたといっていい。

それは、やはり、織田信長の妹なのだという思いである。

夫の勝家を立てながらも、しっかりと、周辺の力関係や、諸大名の動きを見ていることに、驚かされるのだ。その見方も、兄の信長によく似ている。

「感じ入った」

と、勝家がほめると、お市の方は、ニッコリと笑った。

「全て、実行なさるのは、勝家様でございます」

勝家は、奥で遊んでいる三人の娘に、目を移した。

この時、長女の茶々十四歳、次女のお初十歳、三女のお督が七歳だった。いずれも、母のお市の方に似て美しい。

「娘たちの行く末は、どうなるか、それを時々、考えてしまう」

勝家がいうと、お市の方も、三人の娘に目をやって、

「勝家様が天下人でいる限り、あの娘たちも、良縁に恵まれて、一国一城の主と結ばれましょう。まもなく、茶々は十五歳。そうなれば、勝家様の信頼する大名のところに、お嫁にやりたいのです。お初も、また、三女のお督もです。信頼のおける大名方と縁戚(えんせき)を結ばれたなら、ますますもって、柴田家の繁栄は、盤石になると、私は、思

います。そうあって、欲しいのです」

お市の方は、そういって、ふと涙ぐんだ。

お市の方には、織田信長の妹という自負がある。兄の信長が、本能寺で死ぬことなく、あのまま天下布武の志を遂げていたら、今、奥で遊んでいる娘たちも、それぞれ、名だたる大名の家に嫁ぐことができたであろう。

それを、母親として、じっと、見守っていきたかったのだ。

その夢を実現するためには、勝家に近く上洛して、天下統一の号令を発してもらいたい。

そして、柴田家が、天下を統一していく。何としても、そうあって欲しいのである。

そのうえ、その実権を、徳川家康に禅譲するなど、あっていいことではない。

もし、そうなってしまえば、柴田家は、徳川家康の下になってしまう。そのことに、お市の方は、我慢がならなかった。兄の信長なら、絶対に、そんなことはしないだろう。

「すぐにでも、京都へおのぼりなさいませ。そして、天下統一の証として、朝廷から、それにふさわしい、官位をおもらいなさいませ。さすれば、誰一人、勝家様に刃向かう者は、出てまいりませぬ。たとえ、徳川家康殿が、それを不服として起ち上がったとしても、ほかの大名たちがこぞって、勝家様を、応援するに違いありませぬ。その勢いで三河の国に、攻め入れば、家康殿を討ち滅ぼすことは簡単だと、私は、考えております」

と、お市の方は、いった。

勝家が、迷っていると、お市の方は、美しく微笑んで、

「そうなさいませ」

と、小声で、いった。

3

井上は、原稿を直しおわると、編集長の小田沼に見せることにした。

小田沼は、直しの入った原稿を目の前で読んでいたが、目を上げると、

「異色の時代小説で、なかなか面白いじゃないか」

と、嬉しそうに、いった。

「確かに、面白いですが、歴史研究家の人たちに、文句をつけられるんじゃありませんか？　こんなデタラメを書いて、いいはずがない。そういわれるんじゃありません

か？」

井上が、心配していった。

「いや、それは、ないよ。この連載は、もし、その時、柴田勝家の側が羽柴秀吉に勝っていたら、その後の歴史がどうなっていたか、そう断って、広沢先生が書いているんだから、まあ、いってみれば、歴史小説のシミュレーションものだよ。それに、お市の方が、三十代の若さで死んでしまうのは、惜しいという人たちも、大勢いるんだ。だから、もし、勝家が勝っていて、お市の方が、そのまま生き続けていたら、いったいどうなっていたのか。そういう小説も、読者は、読みたいんじゃないかと思うね」

小田沼は、微笑していった。

「とにかく、読者は喜んでいるんだ。だから、これからも、広沢先生には、このシミュレーション小説を、続けてもらうつもりだよ」

「僕には、もう一つ、心配なことがあるんですが」

と、遠慮がちに、井上がいった。

「どんな心配だ？」

「先日、山内慶という若い画家が、殺されました。あの山内は、広沢先生の奥さんの、お市の方こと、富永美奈子さんの愛人だったわけでしょう？　今回の小説の連載とは、直接関係がないとは思いますが、どうにも、気分がよくないんですよ。広沢先生のシミュレーション小説の連載が始まって、そのために、山内慶という若い有望な画家が殺されてしまったのではないか。そんなことまでを考えてしまいましてね」

と、井上はいった。

「君は、そんな、バカなことを信じているんじゃないだろうね？ 山内慶という画家が、ウチの雑誌で、連載の始まった小説のせいで、殺されてしまった。まさか、そんなふうに考えてはいないだろうね？」

小田沼が、怒ったようにいう。

「それは、その通りなんですが」

井上はあわてていった。

「ウチの雑誌で、広沢先生の連載が始まったのと、画家が死んだこと、いや、殺されたこととは、何の関係もないよ。警察だって、そう思っているし、僕だって、そう思っている。君だって、本気で関係があるとは、思っていないだろう？」

「もちろん、思っていませんよ。関係あるはずはない。僕だって、そう思いますからね。ただ、ちょっと、気になっただけです」

と、井上はいった。

井上が、社から、自宅マンションに帰ってすぐ、警視庁捜査一課の十津川が、訪ねてきた。亀井という刑事も、一緒である。

「もう、犯人の目星は、ついたんですか？」

と、井上がきくと、

「いや、それが、一向に、解決のメドがつかなくて、困っているんですよ。容疑者は、浮かんでいるんです。山内慶の周りにいる男や女が、それぞれ容疑者なんですが、しかし、何の証拠も見つからない。何よりも、動機がわからないので、困っているんです。もちろん、まったくわからないというわけではありません。何しろ、殺された山内慶という男は、才能がある上に、美男子ですからね。例の広沢先生の奥さん、富永美奈子さんと、関係があったというウワサも、きいています。美奈子さんのほうも、なかなかの美人で、現代のお市の方と、呼ばれているそうじゃありませんか？　そんな彼女が、若手の画家、山内慶と、関係があったとしても、私は、別に驚きませんよ。しかし、もし、それが原因だとしたら、犯人は、富永美奈子さんの夫である、小説家の広沢弘太郎氏ということになってしまう。しかし、われわれが調べたところでは、広沢さんのほうも、美人の秘書を連れて、大いに羽を伸ばしている。とても、そんな広沢さんが、ヤキモチを焼いて、奥さんの愛人を、殺したとは思えないんですよ。そしてね」

んなわけで、捜査が、壁にぶち当たってしまっているんです。そんな情けない現状で

十津川は、小さく肩をすくめて見せた。

「事件解決のメドは、ついていないんですか？」

「ええ、今のところ、まったくついていません。それで、あなたに、お知恵を借りられないかと思いましてね。亀井刑事と二人で、こうして、お伺いしたんですよ」

「しかし、僕にも、何もわかりませんよ」

井上は、あわてていった。

「私が引っかかっているのは、おたくの雑誌で連載が始まった、広沢弘太郎さんの小説の件なんですよ。なかなか面白い作品で、柴田勝家が、羽柴秀吉に勝っていたら、その後の歴史がどうなっていたか。そんな小説でしたね？」

と、十津川がいう。

「ええ、そうです。歴史家からは、批判を受けるでしょうが、読者の中には、面白いといってくれる人が沢山いましてね。われわれとしては、広沢先生が、止めるといわなければ、このまま続けて、載せていこうと思っています」

「すると、次の原稿も、広沢さんから届いたのですか？」

と、亀井がきいた。

「ええ、今日届きました。ファックスでね。一応原稿を直して、今、編集長のところにあります」

と、井上がいった。

「よかったら、第二章のあらすじを教えていただけませんか？」

と、十津川がいった。

「しかし、警部さんに、いっておきますが、小説と現実とは、まったく違いますよ」

「もちろん、それは、重々よくわかっております。ですから、一応話してもらえませんかね」

十津川は、申しわけなさそうにいった。

「雑誌が出るまで、これから僕が話すことは、内緒にしておいてもらいたいのですが」

と、井上は、念を押してから、今日、手入れした広沢弘太郎の原稿について、簡単に、十津川たちに話してきかせた。

柴田勝家の軍が、羽柴秀吉の大軍を破って近江の国を支配し、長浜城に居を移した。当然そこに、お市の方と、美しい娘たちも北の庄からやって来た。

そんな話をきかせると、十津川は、うなずきながらきいていて、

「なるほど。面白いですね」

と、いった。

「確かに、十津川さんがいわれるように、面白いことは、面白いんですよ。しかし、果たして、こんなデタラメを書いた小説が、本になった時に、売れるかどうか、それが心配でしてね」

「今、井上さんが、話したことで、私がいちばん興味を持ったのは、柴田勝家と、お市の方の気持ちの揺れ具合なんですよ。第一章では、柴田勝家は、秀吉に勝った時は、その勢いに任せて、天下を統一する。しかし、その後、自分は隠居して、実権を、徳川家康に譲る。そういうことになっていましたね？　第二章について、井上さんにきくと、原稿の上では、徳川家康に、禅譲するのを止めて、天下の実権を、ずっと自分が握っていく。もし、家康が反抗すれば、徳川の軍勢を叩き潰してしまう。それに対して、お市の方も、そうしなさいと勧めている。そういうストーリーになってくるんですね？」

「その通りです」

「私には、そこが、面白い」

「面白いかも知れませんが、それが、普通じゃありませんか？　大体、野心家というのは、その野心が成就した時に、急に、野心などどうでもいいといって、実現した野心を放り出す。そういうものじゃありませんよ。野心が成就した場合には、今度は、それを、放すまいとするんですよ。人間って、そういうものでしょう？　刑事さんだって、経験で、そういうことがわかっているんじゃありませんか？」

「確かに、そうかも知れませんね。もし、柴田勝家が、天下の実権を握っても、すぐに隠居して、それを徳川家康に譲る。そう考えて、それを実行していたら、何の面白味もない小説になってしまいますね。人情として、そんなことは、まずあり得ませんからね。だから、第二章のほうが、ひょっとすると、面白いのかも知れない。ただ、それをどう続けていくか。第三章が、難しくなるんじゃないですかね？」

と、十津川がいった。

4

十津川と亀井は、井上から話をきいた後、捜査本部に戻った。

その日の夜、何回目かの、捜査会議を開き、十津川は、今までにわかったことを、三上本部長に報告した。

「今回の事件ですが、もし、動機が嫉妬ということであれば、まず第一に疑われるのは、広沢弘太郎という作家です。というのも、広沢弘太郎の妻、画家の富永美奈子は、殺された若い画家、山内慶と、親しくしていました。これは、もちろんウワサなんですが、二人が男と女の関係にあったのではないか、そういう話も、何人かの人間から、きかされました。とすれば、夫の広沢弘太郎が、嫉妬から、妻の愛人、山内を殺した。そう考えることもできますし、それがいちばん、納得の行く線だと思うのです。そのため、まず、広沢弘太郎のアリバイを調べました」

「それで、広沢弘太郎のアリバイは、どうだったんだ？」

「完璧なアリバイを持っていました。現在、広沢弘太郎は、若い女性の秘書を連れて、琵琶湖の北にある柴田勝家と羽柴秀吉の両軍が合戦した古戦場を見て回り、まあ、一種の取材旅行ですが、その後、近くのホテルに泊まって、原稿を書いています。そのホテルの従業員にも、話をきいたのですが、彼は間違いなく、被害者、山内慶が殺された時に、そのホテルにいたことが明確になりました。したがって、広沢弘太郎には、完璧なアリバイがあります」

と、十津川はいった。

「容疑者は、もう一人いたね？」

「その通りです。被害者と関係のあったと思われる、富永美奈子です。彼女は、いわば浮気で、被害者の山内慶とつき合っていたのですが、その関係がこじれて、彼女が山内を殺した。そういうことも十分に考えられるので、念のため、富永美奈子のアリバイも調べてみました」

「それで、結論は？」

「富永美奈子は、被害者が殺された時、東北の温泉に、行っていました。こちらのほうも、証人が何人かいて、彼女のアリバイも、完璧です」

と、十津川はいった。

「すると、今のところ、容疑者ゼロということかね？」

三上本部長が、額にシワを寄せて、十津川を見た。

「その通りです。第一の容疑者、第二の容疑者ともに、完璧なアリバイがあって、犯人じゃないことがわかりました」

「それで、ほかに、容疑者となるような人間は、いないのか？」

「被害者の山内慶は、若手の画家として大変有望な人間でした。その上、美男子で女性にモテると思われますから、若い画家のライバルは、何人もいたと思えるんですよ。

そうしたライバルたちの中に、被害者を殺した犯人がいることも、十分に考えられます。それで、現在、被害者とライバル関係にあった、若い画家たちについて調べていますが、まだ、これはという容疑者は、浮かんできていません」

と、十津川はいった。

「ほかに、何か、君が気にかかっていることはあるかね？」

「もう一つ、引っかかっているのは、現在、雑誌に連載が始まっている、広沢弘太郎の小説です」

十津川がそういうと、三上は、怪訝な顔をして、

「小説は、小説だろう？　それが、どうして、君には引っかかるんだ？」

「後で、本部長にも、読んでいただきますが、一回目が、すでに雑誌に出ています。そして、現在、第二章の原稿が、広沢弘太郎から送られてきたそうで、そのあらすじも、今日、編集者に聞いてきました」

「確か、その小説は、賤ヶ岳の合戦で、もし、柴田勝家たちが、秀吉に勝っていたらどうなっていたか。そんな小説じゃなかったかね？」

「その通りです。いわば、歴史のシミュレーション小説みたいなものです」

「それがどうして引っかかってくるんだ？　小説は、あくまでも小説で、現実とは違

うだろう？」

「確かにそうですが、どうしても、私には引っかかるんですよ。広沢弘太郎が、現在、琵琶湖の北、湖北のホテルで原稿を書いているんですが、その原稿を書いている時に、東京で山内慶が殺されました。その男は、自分の妻の愛人で、普通に考えれば、広沢弘太郎が、憎んで当然の相手です。その広沢弘太郎が、奇妙な時代小説を書いている。その時に、被害者が殺された。そのことに、どうしても、私は、引っかかってしまうんです」

十津川は、重ねていった。

「もう少し、具体的にいってくれんかね？　なぜ、小説が、現実の事件と、関係がありそうな気がして、引っかかってくるのかね？　私には、どうしても、そこのところが、わからないんだ」

三上が、また首をひねった。

「今、広沢弘太郎が書いている小説というのは、本部長もいわれたように、賤ヶ岳の戦いで、負けたはずの柴田勝家が、もし、勝っていたらどうなるかという小説なんです。当然そこには、お市の方も、出てきます。歴史上では、秀吉が勝って、勝家の妻だったお市の方は、北の庄で、自刃してしまうのですが、現在、広沢が書いている小説では、お市の方は、死にません。そして、広沢の奥さん、画家の富永美奈子は、お市の方と、呼ばれているんです。その二重性が、私には、どうしても引っかかりましてね」

と、十津川はいった。

「どうも、はっきりとしないな。君は引っかかるというが、しかし、現実に起きた殺人事件と、広沢が書いている小説とは何の関係もないんだろう? まさか、その小説の中で、山内慶と思われるような人間が、殺されてしまったり、あるいは、犯人が出てきたりは、していないんだろう?」

と、三上がきく。

「確かに、本部長のいわれる通りなんです。何しろ、時代小説ですから、合戦があって、何人もの人間が、死んではいます。しかし、その死者の中に、今回の現実の事件で、殺された山内慶と思われるような侍は、出てきません」

「それなら、気になっても、どうしようもないんじゃないのかね?」

「そこが、うまくいえないのですが、冷静に考えれば、問題の小説と、現実の事件とは、何の関係もありません。そう思うのですが、しかし、どうしても引っかかってしまいます」

十津川は、正直にいった。

「君が、そんなにいうのであれば、今度、広沢弘太郎の小説を、私も読んでみることにするよ」

と、三上がいった。

5

捜査会議の後、十津川が、一人で考え込んでいると、亀井が、コーヒーを入れて、持ってきてくれた。

亀井は、そのまま、十津川のそばに座って、自分も、コーヒーを口に運びながら、

「広沢弘太郎という作家ですが、どうして、今回、歴史を逆さまにしたような、妙な作品を書き始めたのでしょうか？」

と、十津川にきいた。

「あの雑誌社の連中、編集長の小田沼や、あるいは、担当している井上という、編集者にいわせれば、面白いから書いてもらっている。そういうに、決まっている。あるいは、広沢弘太郎自身が、こういう小説を書きたいと、編集長にいって、連載を始め

たんだと思うがね。まさか、今回殺された画家の山内慶が、そんな小説の発案者だとは、とても思えないがね」

と、十津川はいった。

「歴史小説で、似たようなストーリーの作品を、書いた作家は、ほかにもいるんでしょうか？」

「私が調べた限りでは、何人かいたがね。それを何冊か、読んでみたよ。なかなか面白いな。しかし、終わってみると、たいていガッカリする。確かに、読んでいる間は、もし、勝者と敗者が逆になったら、面白いと思うんだが、結局は、歴史の重みに耐えるほどの面白さではないんだ。それに、読んでいるうちに、何だか、しらけたような気分になってくる。それも、ああいう小説の弱味みたいなものだね」

と、十津川はいった。

「しかし、広沢弘太郎は、連載を続けていくわけでしょう？」

「ああ、出版社の話では、七回連載だから、今、二回まで原稿ができている。あと五回、連載が続くんだ」

と、十津川が、いった。

「もし、その五回の連載が続いている間、山内慶以外にも、関係者が殺されるとすれば、ますます、この小説が、問題になってきますね」

と、亀井はいった。

第四章　変節

1

湖北にいる広沢弘太郎から、ファックスが送られてきたが、今度は原稿はなく、手紙だけだった。

〈今回の時代小説は、最初、おたくの雑誌に七回連載の予定であった。しかし、こちらに来てから、興が乗ってきて、一気に書き上げたくなってきた。

いや、今回の小説は、ダラダラと、七ヵ月も雑誌に連載するのではなく、一ヵ月で書き上げて、書き下ろしとしたい。そうしなければ、決して面白い小説にはならない。そんなふうに、思えてきた。

そこで、井上君や、編集長の小田沼君に、相談なのだが、今回の小説は、七ヵ月の連載ではなくて、書き下ろしとして、出版して貰いたいのだ。

こちらに来て、湖北、余呉湖岸の古戦場を歩いていると、どんどんストーリーが広がってくる。それに、一ヵ月あれば、十分に書き下ろしとして、書き上げられる自信が持ててきた。

考えてみれば、私は最近、忙しさにかまけて、書き下ろしを書いていなかった。そのため、ファンの間から、ぜひ書き下ろしで面白いものを出して欲しいという要望が、私宛てに、来ていたのである。

そもそも、小説の醍醐味は、書き下ろしにあると、私は考えている。

今回の小説について、久しぶりに、書き下ろしで書いてみたい。いや、書き下ろしで、書くべきだという欲求が、作家である私の胸に、ふつふつと湧いてきたのである。

それに、七ヵ月の連載が終わってから、本にするよりも、一ヵ月で書き下ろし、すぐ出版すれば、出版社としても、売りやすいのではないか。そう思っている。

原稿は、今まで通り、書いた分から、どんどん、送っていきたいと思っている。

今の私の予定では、一ヵ月といわず、今月いっぱいで、原稿は書き上げる。その自信は、十分にある。それだけ、私は今回の仕事に、賭けているんだ。

今も書いたように、私は、久しぶりに書き下ろしの本を出したいし、君たちのほうでも、私の、久しぶりの書き下ろしということで、宣伝しやすいのではないか、と思っているのだが、どうだろうか？

すぐに、返事をもらいたいので、井上君から編集長の小田沼君に相談して、至急、私宛てに返事を寄越して欲しい〉

広沢弘太郎のファックスには、そう書かれてあった。

井上はすぐ、それを持って、編集長の小田沼に相談した。

小田沼は、そのファックスを、二回ほど読み返した。最初は当惑の表情だったが、急にニコニコして、

「いいね。広沢弘太郎、久しぶりの書き下ろし、そう来れば、営業のほうだって売りやすいだろう」

と、いった。

「しかし、一回目がすでに、雑誌に載ってしまっていますよ。その点は、いいんですかね？」

井上が、首をかしげた。

「その点は、大丈夫だ。いざとなれば、何とでもなるさ」

小田沼は、楽観的にいった。

「雑誌の読者が、怒るんじゃありませんか？」

「昔だったら、もちろん、怒るだろう。しかしね、毎月ウチの雑誌を買ってくれて、連載を楽しんで読む、そういう読者は、今、少ないんだ。どうせ、七ヵ月の連載だから、七ヵ月後に、本になってから読めばいい。そう思って、続けては雑誌を買ってくれない読者というのが多いんだよ。それに、雑誌連載第一回目に対して、ファンレターが何通か来ているけど、そのほとんどが、一刻も早く、本になってから、読みたいというものなんだ」

「今の読者というのは、そういうものなんですか？」

「その通りなんだよ。律儀に、雑誌を毎月購読して、ゆっくりと読んでいく読者よりも、本になるのを待ってから買って読むという、読者のほうが圧倒的に多いんだ。雑誌を作っているわれわれにとっては、少しばかり残念な傾向だがね」

と、小田沼は、笑ってから、

「それに、広沢先生は、一ヵ月というよりも、今月いっぱいで、一気に書き上げる、と書いている。果たして、今月いっぱいで、書き下ろしができるのかどうか、そのほうが心配だね。広沢先生に、その点を、確認してもらいたいな。間違いなく、今月いっぱいで、書き上げることができるのか。それがしっかりしていれば、本を出す期日も、自然に特定できてくるからね。書き下ろしの宣伝だって、しっかりとできる」

2

井上はすぐ、湖北のホテルにいる広沢弘太郎に、電話をかけた。

「ファックスは、読んでくれたか？」

まず、広沢弘太郎のほうから、きいてきた。

「ええ、読みましたよ。編集長の小田沼にも見せました」

「それで、小田沼は、小田沼君の意見は、どうなんだ？」

「小田沼は、喜んでいましたよ。雑誌連載の後で出すよりも、書き下ろしとして出すほうが、宣伝しやすい。そういっていました」

「そりゃあ良かった。私も、ここ二年間、書き下ろしを書いていないんでね。久しぶりの書き下ろしというので、妙に、気持ちが、高ぶっているんだよ」

広沢の声が、はずんでいた。

「小田沼が心配しているのは、ファックスで、先生が、今月いっぱいで、書き上げると書いておられたでしょう？　本当に、今月いっぱいで、書き上げることができるのか、それを心配していましたよ」

「その点は、大丈夫だ。約束するよ。ファックスにも書いたんだが、こちらに来てから、最初のうちは、雑誌連載のつもりで、取材旅行をしていたんだが、余呉の古戦場や、長浜城などを見ていたら、どんどん気分が高揚してきてね。これはぜひ、一気に、書き上げなくてはいかん。そうしないと、うまく書けない。そんな気になってきたんだよ」

「それを聞いて安心しました。何しろ、一回分の原稿を、すでに雑誌に載せてしまいましたからね。それを、書き下ろしで出すことになった。私としては、雑誌に、書き下ろしになったということを、書きたいんですよ。そして、読者に約束した以上、先生にはどうしても、今月いっぱいで、書き上げてもらって、すぐ書き下ろしとして出版したいんです。そうしないと、読者を、裏切ることになってしまいますからね」

「それは、大丈夫だよ。もし心配なら、この電話のやり取りを、録音しておいたらどうだ？　いや、そうしたほうがいい。私も、君たちとの約束が、テープになって、残っていると思えば、是が非でも今月いっぱいで、書き上げてしまわなければならない。そういう気持ちになってくるからね」

広沢のほうから、そんな申し出がされた。

「じゃあ、お言葉に甘えて、テープに録っておきますよ」

と、井上は、半ば冗談口調でいった。

彼は、机の引き出しから、いつも使っているテープレコーダーを、取り出して、それを電話に接続した。

「こんなの初めてですが、録音させてもらいますよ。今度の先生の書き下ろしが、ベストセラーになったら、このテープも、人気が出るんじゃないかと思いますね」

井上は、笑顔でいった。

「これでいよいよ、私も、エンジンが全開になってきたよ。原稿のほうは、今まで通り、書き上げた分から、どんどんファックスで送るので、君たちのほうで、しっかりと見てくれたまえ」

「ええ、こちらも頑張りますよ。小田沼もいっていましたが、広沢弘太郎先生、久しぶりの、書き下ろしですからね」

「テープレコーダーを回しているというのは、本当なんだな?」

「ええ、本当です。でも、いけなければ、消しますが」

「いや、いいんだ。では、改めて約束しよう」

広沢は、電話の向こうでいい、妙に儀式張った口調になって、

「私こと、広沢弘太郎は、今回、二年ぶりの書き下ろしとして、今月いっぱいで、書き上げることを約束する。必ず、いい作品になると思うので、そちらとしても、二年ぶりの書き下ろしとして、大いに宣伝してもらいたい。きっとベストセラーになると、私は、確信している。これでいいかな？　録音されたか？」

「ええ、きちんと録音しましたよ」

「では、明日、書き上げた分を、またファックスで送ることにしよう。期待していてくれ」

と、広沢は、いって、電話を切った。

3

翌日、第三回目の原稿が、ファックスで送られてきた。

湖北で、羽柴秀吉に、大勝した柴田勝家は、その勝利を確固としたものにする必要があった。そのため勝家は、近江の国、長浜城に居を構えた。

近江を制する者は、京都を制する。それは、織田信長の、若い時からの信念といってもよかった。

天下を、統一するためには、上洛(じょうらく)して、武威を示さなければならない。信長は、そう考え、まず近江の安土に広大な城を築き、そして、上洛した。

勝家としても、今、信長と同じように、近江を制し、その勢いをかって京都に出て、そこに全国の大名を集めて、柴田勝家が、天下人であることを示さなければならなかった。

以前、織田信長が殺されたとき、秀吉は、山崎で明智光秀を討つとともに、清洲(きよす)で会議を開き、そこに全国の大名を集めて、われこそ天下人であると、示そうとした。これが有名な清洲会議である。

この時、織田家の家臣の中で筆頭だった柴田勝家は、信長の仇(かたき)を討つことに、遅れを取ってしまった。勝家が、北の庄で、動きが取れなくなっている時に、羽柴秀吉が、光秀を討ち、そのままの勢いで、信長の後継者と認めさせることに成功していたからである。

あの時の屈辱感を、勝家は、忘れていない。

その羽柴秀吉は、今や勝家に敗れて、播磨一国を領有する、小大名に成り下がってしまった。したがって、勝家が、京都に入り、諸大名に号令することについて、秀吉は、まったく障害にはなっていなかった。

唯一の障害といえば、徳川家康である。家康をどうやって、屈服させることができるか？　まず、そのことを勝家は考えた。そこで勝家がやったことは、丹羽長秀を、自分の下に抱えることだった。

勝家自身、鬼の勝家といわれ、武芸には、秀でているが、策略を弄することは、苦手である。考えてみると、勝家の周囲にいる武将たち、甥の佐久間盛政、同盟を結んでいる滝川一益、盟友の佐々成政、彼らはすべて、勇猛果敢で、今回の秀吉との戦いにおいても、大きな功績があった。

しかし、知将と呼ぶことは難しい。

天下を統一するためには、勇猛な武将も必要だが、同時に、策略に秀でた、知将も必要である。

そこで、勝家が目をつけたのは、丹羽長秀であった。

丹羽長秀は、勝家と同じように、織田信長に仕えた武将の一人だが、ほかの佐々成政や滝川一益とは違って、猛将というよりも知将といったほうが正確だった。丹羽長秀は、特に、軍事戦略に秀でていた。

信長に仕えていた時、多くの戦場で、軍師として活躍し、成功している。それを考えて、勝家は、丹羽長秀を迎えたのである。

丹羽長秀は、温厚な策略家といわれている。つまり、官僚としても優秀なのである。秀吉に勝利した勝家は、今後、武将としてよりも政治家として、日本を統一していかなければならない。そのためには、丹羽長秀の頭脳は、どうしても必要だった。

丹羽長秀は、勝家に、上洛することを勧めた。そして、朝廷から、関白の地位をもらい、日本全国の諸大名を集めて、天下統一の号令を出すことを提言した。

勝家は、その提言を聞くと、微笑して、

「実は、同じことを、お市にもいわれている。今こそ、信長公の遺志を継いで、天下統一の、号令を発するべきだ。そう、お市はいっている。その意見とまったく同じだ」

「目ざとい人は、同じところを見ています。今が、その絶好の時期だと、考えます」

「朝廷に、関白の位をもらうことは、お主に任せるとして、問題は、天下の諸大名が、私の命令で京都に集まり、私に忠誠を誓うかどうかということだ。それが心配だが、どうだろうか?」

勝家は、丹羽長秀に、きいた。

長秀は、地図を広げて、

「毛利には、中国一帯を与えれば、殿に逆らうことはありません。北の上杉景勝は、今も、前田利家に抑えられて、身動きができぬ有様です。殿がもし、前田利家に加勢されて、北に向かわれれば、上杉景勝は、一日にして、滅びてしまうでしょう。景勝も、そのことがわかっていると思われますから、殿が命ぜられれば、京に参上して、臣下の礼を取ると思われます。

また、伊達政宗や北条氏直は、すでに天下を取る意欲を失っております。政宗は、一時、天下を取る野望に燃えていたと思われますが、しかし、北条家と境を接して、あれ以上、西に向かって勢力を伸ばすことはできぬ、と観念していると思われます。したがって、伊達も北条も、必ず上洛して、殿に、忠誠を誓うと考えられます。ただ唯一の障害は、徳川家康と考えられます」

「誰もが、同じように見ている。天下統一の、唯一の妨げになると思われるのは、徳川家康。私もそう見ているが、その対応をどうしたらいいか、それをききたい」

と、勝家はいった。

「前に、耳にしたことがあるのですが、殿は、秀吉との合戦の時、徳川家康に約束をされた。もし、秀吉に勝ち、天下を統一することができたならば、隠居して、その後を、徳川家康に任せる、と。それは、本当のことでございますか？」

長秀が、まっすぐ勝家を見て、きいた。

「ウソをついても、仕方があるまい。確かに、秀吉との合戦の前、家康にはその約束をしている。お市は、秀吉に勝った今、そのような約束など、守る必要はない、といっているが、その点はどう思うか？　この約束は、知る人ぞ知るで、私がその約束を、守らなかったならば、世のそしりを受けるのではないか？　それが、唯一の心配だが」

と、勝家はいった。長秀は、首を横に振った。

「私が、今の世の中を見てみますに、まだ天下は統一されず、戦国の世が続いております。このような時、約束ごとなど、誰も信じてはおりませぬ。おそらく家康自身、殿との約束などは、信じておらぬと思われます。もちろん家康は、その約束の履行を迫るでしょうが、本心からその約束が履行されるとは、よもや思っておらぬでしょう。したがって、殿がその約束に縛られずとも、世のそしりを受けるとは、私は、まったく考えませぬ」

「それから、私が上洛して、諸大名に命令を下したら、家康は、来るだろうか？」

「まず、家康は、京都には来ないと思われます」

「私に、反抗すると思うのか？」

「いえ、殿は今、最大の宿敵、秀吉を破って近江を領有し、京都に出て、天下に号令されようとしています。その殿に、表立って、家康が反旗を翻すということは、まず、考えられませぬ」

「しかし、上洛して来ない。そうだな？」

「おそらく、すぐには京には来ないと思われます。殿が命令して、すぐに京に駆けつけたのでは、自分を小さく見せてしまう。家康という男は、戦上手というよりも、策略に優れております。そして、何よりも家康の強みは、今、自分がほかの大名たちから、どう思われているのか、それを冷静に見る力があるということです。つまり、殿の命令に従わず、京都には出ない。そういう姿勢を、示しておいて、おそらく、諸大名の反応を見るものと思います。もし、殿への反抗を示すような大名が多ければ、家康はその大名たちと連携して、反柴田の連合を作ろうとするに違いありません。しかし、殿に賛同の大名が多ければ、家康もいつまでも反抗しているわけにもいかず、そのうちに京都に来て、殿に、臣下の礼を取るものと思います」

「そこへ持っていくためには、どうすればよいか、それが知りたい」

と、勝家はいった。

「武をもって、家康を滅ぼす。それが究極の方策です」

　長秀は、きっぱりといった。

「その時、私は、家康に勝てると思うか？」

「もちろん、お勝ちになれます」

「しかし、今は秀吉と戦って、勝利した直後のため、すぐまた兵を動かして、家康を屈服させるという方法は、取りたくない。できれば、戦わずして、家康を屈服させたいのだが」

　と、勝家はいった。

「私も同じことを、考えます」

「しかし、どうすれば、それがうまく行くか？」

　勝家がきいた。

「まず、敵の中に、味方を作ることです。これが最上の策です」

　と、長秀がいった。

「家康の家臣の中から、謀反者を作るというのか？」

「その通りです」

「うまく行くと思うか？」

「今も申し上げたように、私が見るところ、まだこの世は、戦国の世です。別のいい方をすれば、下克上の世といってもよろしいと思われます。大名に仕える家臣たちにしても、いつまでも、家臣としての地位にいたくはない。いつか、主君の後釜に座りたい。そう考える者が数多くいると、私は、見ています。さて、家康の家臣の中から、狙いを定めるとすれば、酒井忠次が適当と思われます」

と、長秀はいった。

勝家は驚いて、

「酒井忠次といえば、家康の重臣ではないか？　また、徳川譜代の家臣でもある。そんな酒井忠次が、果たして、家康に謀反を起こすだろうか？」

長秀は、笑って、

「だからこそ、面白いのですよ。家康に対して、何の力もない武将を籠絡して、反旗を翻させたとしても、何にもなりませぬ。酒井忠次は、殿のいわれるように、家康の重臣です。だからこそ、面白いのです」

と、いった。

「それなら、この件は、任せる。ほかに、することはないか？」

勝家が、続けてきいた。

「同時に、北条家に、密書を送られるべきだと考えます。北条氏直は、先に、徳川家康と戦って、結果的に甲斐、信濃の二つの国を、家康に攻め取られています。現在、北条と徳川は、講和を結んでいますが、しかし、甲斐と信濃の二国を失った恨みは、氏直の胸に重くのしかかっていると思われます。したがって、こちらから手をさしのべれば、必ず、北条家は、われらと同盟を結ぶに違いありません。柴田家と北条家が同盟を結べば、家康の家臣、酒井忠次への働きかけも、その力を倍加すると思われます」

と、長秀はいい、続けて、

「もし、酒井忠次の籠絡に成功しましたら、過分の報奨を酒井忠次に与えていただきたい」

「いかほどの報奨を、与えたらいいと思うか?」

「現在、酒井忠次がもらっている俸禄（ほうろく）を一万石とすれば、少なくとも、その三倍は、必要でございましょう」

と、長秀はいった。

「三倍か」

少しばかり驚いた顔で、勝家がいう。

「戦わずして、徳川家康を屈服させるためならば、安いものではありませぬか？　三倍どころか、五倍の報奨を与えても、私は、よしと見ています」

「わかった。それならば、三倍の報奨を約束しよう」

勝家は小さく肯いた。

4

長秀は、朝廷の公家たちに、莫大な賄賂を贈って、柴田勝家に、関白の位を与えられるように工作した。

ただ、戦うだけならば、別に関白の位は必要ない。しかし、勝家が京都に上り、天下平定の命令を出すに当たっては、武将としての力と共に、関白の官位も必要になってくる。秀吉も、そのため、関白の位を欲しがった。

長秀の、公家への、賄賂攻勢が成功したのか、朝廷から使いが来て、柴田勝家に関白の位が贈られた。

そのお礼の形で、勝家は、佐久間盛政、丹羽長秀、滝川一益、佐々成政、そして前田利家らを率いて上洛した。

織田信長は、わずか百数十人の家臣を率いて上洛し、そのため、本能寺で、部下の明智光秀に討たれてしまった。今回、柴田勝家は、五万の兵力を率いて上洛した。京都の町は、その五万の将兵であふれ、そこで改めて、勝家は、朝廷から関白の位を受け、諸大名に、天下統一の会議を開くので、京都に参集するようにとの命令を下した。

勝家は、その命令が、どう伝わっていくか、じっと見守った。どの大名が京都に駈けつけるか、どの大名が参集しないか、それを冷静な目で、見極めたかったのである。

丹羽長秀が、考えたように、上杉景勝、北条氏直、そして、毛利輝元があいついで上洛してきた。続いて、伊達政宗も。しかし、徳川家康はやはり上洛してこない。

また、勝家の書状に対して、返事も寄越さなかった。

勝家は、丹羽長秀に、

「やはり、家康は、私の命令を無視している」

「これは、予期されたことでございますから」

と、落ち着いて、長秀がいう。

「次は、どうしたらいい？」

「もう一度、家康に、書状をしたためてお送りなさいませ」

と、長秀がいった。

「もう一度、書状を送れば、家康は、京都に来るかな？」

勝家がきく。

「それは、わかりませんが、再度、書状を送ることによって、われらの意向が、天下に示されますし、また、家康がなぜそれに応えて上洛しないのか、そのことでさまざまな噂が流れ、私が考えますに、家康謀反の噂が流れましょう。私は、それを期待しているのです」

長秀は、笑っていった。

「どんな手紙を、書いたらいい？」

「それは、私に任せて下さい」

と、長秀はいった。

前に、家康に送った書状は、ほかの諸大名に送った書状と同じで、丁重なものだった。

〈今や、矛を収め、天下泰平の基礎を築くべき時である。われらは、京都に集い、天下泰平の世の中を築こうと思う。そのため、ぜひ、柴田勝家に力を貸していただきたい〉

そういった調子の手紙だった。

長秀は、一日の間考えてから、それよりも、少しばかり激烈な手紙を、家康宛てに出すことにした。

〈すでに、諸大名が京都に集まり、信長公の遺志を継いで、天下泰平の世を築こうとしている。今や、上洛せぬ唯一の大名は、徳川殿である。集まった諸侯の中には、徳川殿に謀反の兆しあり、天下統一のために、徳川を討つべしと叫ぶ声もある。もし、貴殿が、われらの意志を無視し続けるのであれば、われらとしても、天下統一のために、武力を使わなければならぬことになる。そのことをよく考え、可及的速やかに上洛されたい〉

長秀は、そう書いて、その書状を、駿府(すんぷ)にいる徳川家康宛てに、送ることにした。

この書状のことは、わざと、京都に集まっている諸大名の耳に届くように、画策した。

しかし、それでも、家康は上洛してこなかった。

長秀は、勝家にきかれて、答える。

「すでに、家康には、上洛を促す書状を、二回にわたって送りましたから、今、家康欠席のまま、天下統一の、号令をかけても、誰も不満は持ちますまい。むしろ、家康不在のほうが、この京都の会議は成功いたします」

長秀の献策にしたがって、勝家は、関白柴田勝家として、京都に集まった諸大名に、自分が、織田信長の後継者であり、天下を統一し、天下泰平の基礎を築くことを宣言した。

その後で、長秀は、北条氏直と二人だけで、今後のことを協議した。

「氏直殿も、京都の会議を、見ておられて、天下の諸大名が、関白柴田勝家殿に従って、ここに、天下の統一を宣言した。この様子は、見ておられたでしょう？」

「それは、よくわかり申した」

氏直がいう。

「欠席の徳川家康殿は、大きな勢力でありますが、この京都会議の結果、孤立していることは明らかです」

長秀は、じっと、北条氏直の顔を見た。

「それはつまり、徳川討つべしということでござるか？」

氏直が、声をひそめて、きく。

「北条家は、関東の雄であられる。それなのに、先般、徳川に攻められ、甲斐、信濃の二国を失った。私も残念でなりません」

と、長秀はいった。

北条氏直は、じっと、次の言葉を待っている。

長秀は、続けて、

「今も申し上げたように、徳川は、強大ではありますが、孤立しています。今、氏直殿が兵を挙げて、甲斐、信濃の二国を取り戻すことを宣言されれば、諸大名は、あなたの味方につくこと必定です。もちろん、私の主君、柴田勝家も北条家との同盟を重んじ、大軍を率いて加勢いたします」

「戦となれば、徳川は強大。勝敗の行方は、予断を許しませぬ。必ず勝つという自信があれば、これから、国に帰って兵を起こしますが」

と、氏直がいう。自信のない口調だった。

「前に、徳川と一戦を交えた時、家康は、酒井忠次の軍と、家康直属の本隊と、二隊にわけて、北条家と戦ったと見ていますが、それは事実ですか？」

長秀がきいた。

徳川家康が、北条氏直と戦ったのは、織田信長が、本能寺で明智光秀に討たれた、その直後だった。中国に遠征していた秀吉が、急ぎ引き返して、山崎で明智光秀を討って、主君の仇（かたき）を討った。

その時、家康は、秀吉の行動を、指をくわえてみていなければならなかった。

しかし、ただ指をくわえているだけでは飽きたらず、その時、北条氏直に戦いを宣言し、甲斐、信濃の二国に攻め入った。いわば、火事場泥棒の感じだったが、その戦いに北条が敗れ、甲斐、信濃は徳川のものになってしまった。

そのことを思い出したのか、氏直は顔を赤くして、

「あの時は、徳川家康本隊の動きに幻惑されて、酒井忠次の別動隊に急襲され、戦いに負けました」

「おそらく、もしあなたが、家康と戦闘となれば、この前と同じような戦法を、家康は取るものと思われます。つまり、必勝の布陣です」

「その通りだと思います。特に、酒井忠次は、徳川家の家臣の中でも、武勇の誉れ高い武将ですから、必ず、先陣を切って、戦いを挑んでくるに違いありませぬ」

と、氏直はいった。

「さすれば、もし、酒井忠次の軍が、寝返りを打ったとすれば、北条家の勝利になるのではありませぬか？」

長秀がいった。

「確かに、もし、酒井忠次が謀反を起こせば、間違いなく、われらの勝利になりますが、しかし、そんなことは考えられませぬな。何しろ、酒井忠次といえば、徳川家の重臣中の重臣ですから」

氏直がいった。

長秀は、黙って、文箱から一通の手紙を取り出して、

「ご覧なされ」

と、それを北条氏直に、渡した。

氏直は、その書状に目を通したあと、驚きを隠さなかった。

「これは」

と、絶句するように、長秀を見た。

長秀は、ニッコリして、

「それは、間違いなく、徳川家の重臣、酒井忠次からわが殿に来た書状ですよ」

「これは、酒井忠次の真筆ですか？」

「間違いなく、酒井忠次本人がしたためたものです」

「これによると、もし、徳川殿が、柴田殿とことを構えた時は、酒井忠次が、柴田殿に味方する。それを約束するとありますが、いつから酒井忠次に、手を差し伸べていたのですか？」

氏直が、驚きを隠さずに、長秀にきいた。

「すでに、酒井忠次に手紙を送ってから、半年になります。その間、たびたび書状を

取り交わし、またわれらの家臣のものが、密かに駿府に潜入して、酒井忠次に会っております。ですから、もし、家康がことを起こせば、酒井忠次は間違いなく謀反を起こします。また、徳川と北条殿が、戦となった場合も同じです」

　と、長秀はいった。

「この書状には、約束を、違えまじきこととありますが、酒井忠次が謀反を起こした場合には、どれほどの褒美を、与える約束をされているのですか？」

「現在の禄高の三倍。それは、わが殿が約束していますが、もし、酒井忠次の謀反によって、徳川家が、滅びるようなことがあれば、五倍十倍の報奨を与えても構わぬと、私は思っています」

　と、長秀はいった。

　北条氏直は、急に、晴れやかな顔になって、

「これから帰国しますが、今の言葉をきいて、徳川家康、恐るるにたらずの感を、強くしました。国に帰り、もし家康がこのまま、柴田殿の命令に従わぬ時は、家康討伐の先陣を切って、われらが、失った甲斐、信濃に攻め込むことをお約束いたします」

　北条氏直は、そういって、帰っていった。

　それから、しばらくすると、北条氏直が徳川との国境に、いくつかの城を築き、ま

た、兵力を集結しているという噂が、流れてきた。

「家康は、この北条の動きに、疑心暗鬼にとらわれているようです」

関東に、探索に出かけていた家臣は、帰ってきて報告した。

「それで、家康は、どう動くと思うか？」

勝家がきいた。

「いろいろな噂が流れております。機先を制して兵を動かし、北条を討つ。家康が、そう考えているのではないかという噂が、駿府には流れております。また逆に、北条家に人質を送り、北条との同盟関係を強化する。背後を安泰にしておいて、西に向って動くのではないか。そういう噂も、流れております」

と、家臣はいった。

「そのいずれにしろ、徳川を滅ぼす気運は、少しずつ大きくなってきたと、私は考えます」

丹羽長秀は、自信満々に、勝家にいった。

「それにつけても、酒井忠次の動きが、気になるが」

勝家がいう。

「確かに、酒井忠次の動き如何によって、勝敗が決まると思われますからね。特に、北条殿は、徳川と事を構えるに当たって、果たして、酒井忠次が謀反を起こすのかどうか、それを心配しているものと思います」

長秀が答える。

「北条殿にしてみれば、当然の不安だろう。再度、徳川に敗れれば、今度は、関東の全てを失うことになりかねないからな。酒井忠次の本心は、どう読める？　間違いなく、われらの指示に従うと思うか？」

「書状の上では、固く、約束しておりますが」

「土壇場で、裏切る恐れはないか？　北条殿の心配は、そこにあると思うが」

勝家がいうと、長秀は、しばらく考えてから、

「私が、ひそかに三河に行き、酒井忠次に会って来ましょう。直接会って、本音を確認してきます」

「危険はないのか？」

「戦場を駈け抜けるのに比べれば、やさしいものです」

と、いって、長秀は笑った。

長秀は、一人で出発して行き、七日後に戻って来た。

その顔に、いつもの笑みはなかった。

「弱ったことになりました」

と、長秀は、勝家にいった。

「酒井忠次が、変心したか？」

「いえ。変心は致しませぬ」

「なら、何か、他に問題が起きたのか？」

「酒井の奴め。こちらの足元を見て、要求を大きくしてきました」

長秀が、腹立たしげにいった。

「こちらは、三倍の加禄を約束した。それを五倍にしろという要求ならば、応じてやってもいいではないか。家康を滅ぼし、天下布武が完成するのなら、安いものだ」

勝家が笑ったが、長秀は表情を変えず、

「加禄については、何もいっておりませぬ」

「では、何を、新たに要求している？」

「それが、困った要求で、とてもその要求を呑むことは出来ませぬ」

「どこか、一国を欲しがっているのか？　徳川が滅びたあとなら、酒井忠次に、三河一国ぐらい与えても構わぬだろう」

「酒井忠次が、新たに欲しがっているのは、一人の女性です」

長秀がいった。勝家はとたんに、笑い出して、

「それなら、一人といわず、百人でも千人でも、女性を与えようじゃないか。三河の田舎侍が、京女でも欲しがっているのか？」

「酒井忠次が欲しがっているのは、お茶々さまです」

「お茶々が、欲しいだと！」

勝家が叫んだ。長秀は、平伏して、

「お怒りは、ごもっともです。酒井忠次を増長させたのは、私の失態です」

「まあ、待て」

勝家は、長秀にいった。

「お怒りでは、ございませんか？」

長秀が、顔を上げてきくと、勝家は苦笑して、

「驚きはしたが、怒りはせぬ。酒井忠次は、なぜ、茶々を？」

「お市の方さまをはじめ、三人の姫君の美しさは、三河にも知られております」

「そうか」

「酒井忠次のことは、どうしますか。彼の謀反がなくとも、われらが、北条殿と力を合わせれば、家康にも負けませぬが」

「まあ、待て。お市の考えを聞く」

と、勝家は、いった。

勝家は、お市の方を相手に、盃を重ねながら、さりげなく酒井忠次のことを、話して聞かせた。

「三河の田舎者だが、お茶々の美しさを、どこかで、耳にしたらしい」

「お茶々を欲しいと？」

「バカな高望みをしている」

「私の兄の信長は、きょうだいの中で、一番可愛いと、私にいってくれました。それなのに、私を浅井長政さまに嫁がせました。斎藤竜興殿を、牽制するためでございます。そのとき、私は十四歳でした」

お市の方は、微笑しながらいった。

「お茶々は、今、いくつだったかな？」

「あの時の私と同じ、十四歳になる筈ですよ」

と、お市の方はいった。

5

今回の原稿は、そこで、終わっていた。

編集長の小田沼も、その原稿を読んで、

「だんだん面白くなっていくね。このままの調子でいけば、間違いなく、この書き下ろしは売れるよ」

と、いった。

「どうも、よくわからないのですが」

井上が小田沼にいう。

「どこが、わからないんだ？　面白いと思わないのか？」

「面白いとは、思いますが、なぜ、今、広沢先生がこうした小説を書いているのか。そこが、よくわからないのですが」

「作家というのは、いろいろな、小説を書きたいものなんだよ。正統的な歴史小説も書きたいし、逆に、こんな、ひっくり返したような歴史物も書きたいんだ。第一、面白ければいいじゃないか？　歴史をひん曲げた、と批判されるのは、わかった上で、あの先生は、これを書いているんだから」

小田沼は、井上の肩を軽く叩いて、いった。

「もう一つ、質問があるんですが」

「どんなことだ？」

「現実に、広沢先生の奥さんは、お市の方と呼ばれていますね？」

「それが、どうしたんだ？」

「ひょっとして、お市の方以外にも、先生の小説に出てくる、徳川家康や、秀吉や、あるいは丹羽長秀などに、通じる人がいるんじゃないですか？　どうもそんな気がして、仕方がないんですが」

と、井上がいった。

「それは、考えすぎだよ。確かに、作家というのは、自分の身近にいる友人を、モデルにして、小説を書くといわれているが、今、そんな人がいるとすれば、お市の方だけだからね。ほかに、モデルがいるとは思えないよ」

小田沼は、急に強い調子になっていった。

第五章　ライバルの死

1

湖北のホテルにいる、広沢弘太郎から次の原稿がファックスで送られてきた。

井上が、例によって、まずそれに目を通した。


決断は、夫の柴田勝家よりも、妻のお市の方のほうが早かった。

「すぐに、お茶々を、酒井忠次殿のところに嫁がせましょう。このこと、家康殿に知られると困りますから、密(ひそ)かにですけれど、警護の武士を何人かつけて、駿河(するが)に行かせてくださりませ」

お市は、勝家に向かっていった。まるで将棋の駒を動かすように楽し気にいう。

「お茶々は、今、十五歳になったばかりだ。それに比べて、忠次はもう初老に近い。それに、正室がいる。それでも、お茶々は、駿河に行くことに同意するだろうか？」

勝家は、自信がなかった。

しかし、お市は、ニッコリとして、

「お茶々だって、今が、戦国の世であることぐらいは、わかっております。それに、今、徳川を滅ぼせば、あなたの天下になるし、私の兄、信長の天下布武の理想を達成できることも、お茶々には、よくいってあります故、お茶々が、反対することはありませぬ。それに」

といい、そのあと、声を低くして、

「天下統一がなりましたら、何か理由をつけて、お茶々を、離縁させてしまえば、よろしいではございませぬか？」

「それでは、お茶々の説得は、そなたに任せる。私には、自信がないからな」

と、勝家はいった。

「すべて、私にお任せくださいませ」

お市は、相変わらず、笑顔でいった。

お市が、どのようにお茶々を、説得したのかはわからない。しかし、お茶々を護送する家臣の選抜も、お市の方が、丹羽長秀と相談して着々と進めていった。

三日後には、お茶々を護る、家臣十名の選抜が終わって、密かに京都から駿河に向かった。

十日経って、お茶々を、送っていった家臣たちのうち半数の五名が戻ってきた。彼らは、酒井忠次の書状を携えていた。

それには、自分の願いをきき入れて、お茶々を寄越してくれたことに対して、勝家に敬意を表し、もし戦いになれば、誓って、勝家殿や北条氏直に味方をする。その約定は違えませぬとしたためてあった。

勝家はすぐ、その書状を北条氏直に送った。それは、丹羽長秀が直接、小田原まで持参した。

長秀は、北条氏直に会うと、その書状を見せて、最後の決断を迫った。

「この書状によっても、合戦となれば、酒井忠次の謀反が期待できます。今ならば間違いなく、徳川家康を滅ぼすことが可能です。しかし、逡巡していれば、家康もバカではありませぬから、われわれが密かに、酒井忠次に謀反を起こさせようと、計画していることに気付くでしょう。そうなれば、苦戦はまぬがれませぬ。そのことを熟慮され、一刻も早く、決断していただきたい。早ければ早いほど、家康に勝つことが易しくなってきます。その反対に、今申し上げたように、時間が経てば経つほど、戦いの有利さは消えてしまいます。それをよく考えていただきたい」

と、長秀はいった。

北条氏直は、長秀を見、次に酒井忠次の書状を見た。

そのあと、短刀を取り出して、血判を捺し、

「もう、迷いはありませぬ。二日後、われわれは家康に対して合戦を挑みます」

と、約束した。

長秀は、その日のうちに小田原を発ち、勝家のいる京都に帰った。

勝家に会うと、長秀は、北条氏直の書いた血判状を見せて、

「間違いなく、北条氏直は、徳川家康に向かって、戦いを挑みましょう。これによって、徳川家は滅び、勝家様によって、天下は統一されます」

と、いった。

井上は、全部の原稿の校正を終えると、それを、編集長の小田沼のところに持っていった。

「原稿五十枚です。作品の上では、北条氏直が、徳川家康に、戦いを挑むことになっています」

「それで、この五十枚のストーリーだが、お茶々は、どうなるんだ？　酒井忠次のと

ころに、嫁いでいくのか？」

小田沼がきいた。

「勝家よりもお市の方のほうが、決断が早くて、お茶々は、十五歳で、酒井忠次のところに、密かに輿入れします。それによって、酒井忠次は、事があれば謀反を起こすことを誓い、北条氏直も決断して、徳川家康に戦いを挑むわけです。その勝敗は、この五十枚では決しませんが、間違いなく、家康は滅びる。広沢先生は、そう想定して書いていますね」

と、井上はいった。

「そうなると、柴田勝家が、ライバルを蹴落して、天下を統一するわけだな？」

「そうなるでしょうね。そうなるように、書かれています」

「つまり、柴田勝家の天下になる。そういうことだな？」

小田沼が、念を押すように、いった。

「そうなりますが、柴田勝家が天下を統一するということよりも、読んでいて、お市の方の野心が成就する。そんな感じを受けました」

「その辺のことを詳しく説明してくれ」

と、小田沼がいった。

「お市の方は、織田信長の妹です。織田信長は、何人もいる兄弟の中で、お市の方のことを、いちばん愛していた。本当に好きだったと思われます。信長は、本能寺で明智光秀に討たれて、天下統一の途中で亡くなっています。妹のお市の方は、その兄の遺志を継ごうとしたのでは、ないでしょうか？　もちろん、本当の歴史では、お市の方は、三十代で自刃してしまいますが、広沢先生の小説では、最後のライバルである徳川家康を、夫の柴田勝家が滅ぼして、天下の統一が完成する。つまり、兄、信長の夢が実現することになります。勝家の夢が達成されたというよりも、読んでいると、お市の方の野心が、達成されたというように、読めてくるんですよ」

井上は、正直な感想をいった。

「なるほどね。今回の原稿は五十枚だが、次の五十枚で、柴田勝家、天下統一成る。そういうことか？」

「そうでしょうね」

「つまり、君にいわせれば、勝家の天下統一ではなくて、お市の方の、天下統一ということか？」

「ええ、僕は、そんなふうに、この小説を読んだのですが」

井上は、楽しそうにいった。

2

一週間後に、最後の原稿が、湖北にいる広沢から送られてきた。枚数は五十枚ではなくて、百枚になっている。

それを井上が読んでいくと、広沢が、徳川家康の滅亡と、柴田勝家の天下統一を力をこめて、書いているのがわかる。

井上の目には、読んでいてやはり、柴田勝家の天下統一というよりも、お市の方の天下統一、つまり、兄信長の夢の達成という感じに読めた。

それを、校正して、編集長の小田沼に見せる。

小田沼は、そこに、井上を待たせておいて、一時間ほどかけて、ゆっくりとその原稿を読んでから、

「やはり、結末は徳川家康が滅びて、柴田勝家の天下統一が達成されるんだね。お市の方の野心も達成された。確かに、君がいうように、柴田勝家が、野心を達成したというよりも、お市の方の野心の達成、そんなふうにも見えるね」

「そうでしょう。広沢先生は、よほどお市の方が好きなんですね。それがよくわかり

ましたよ」

井上が、微笑した。

「これは、間違いなく、広沢先生の代表作になるから、すぐ、出版の準備に取りかかろうじゃないか」

小田沼は、勢い込んでいった。

翌日、井上は、起きると、

(今日から忙しくなるな)

と、思った。

今回の広沢弘太郎の書き下ろしを、本にするために、まず、本の表紙について、デザイナーの選考に取りかからなくてはならない。

今まで、広沢弘太郎の本の装丁は、ほとんど同じデザイナーに頼んでいる。今回もそれでいいのかどうか、編集長の小田沼とも、相談しなければならないし、また、その表紙のデザインが決まったら、それを持って湖北に行き、広沢弘太郎にも相談しなければならない。

そんなことを考えながら、井上は、食パンを焼き、目玉焼きを作り、冷蔵庫から牛乳を取り出して、朝食の準備をしていた。

いつも、井上は、テレビをつけたままで朝食の支度をし、朝食を食べる。今朝もそうしていたのだが、するとアナウンサーが突然、

「人気作家の白川純也さんが亡くなりました。四十歳でした」

と、いったのである。

驚いて井上は、テレビに目をやった。そこには、井上もよく知っている人気作家、白川純也の顔が映っていた。

井上は、アナウンサーの声に耳をそばだてた。アナウンサーがいう。

「白川純也さんは、新しい時代小説の旗手として人気があり、今書いている連載小説『戦国時代を生きる武将たち』も好評で、一巻、二巻はベストセラーになっていて、今、三巻目を執筆中でした。その白川純也さんですが、東京都内のホテルNに、こって原稿を書いていましたが、今朝、いつもの時間にルームサービス係が、朝食を運んでいき、白川純也さんが机に向かって、うつ伏せに倒れているのを発見しました。手には、愛用の万年筆を持っていたので、昨夜、小説を書きながら倒れてしまったものと思われます。すぐに、医師が呼ばれましたが、すでに死亡していることが確認されました。死因に不審なところがあるので、現在、警察による捜査が進められています」

アナウンサーは、そういっていた。

3

井上は、あわてて編集長の小田沼に、電話をかけた。まだ朝で、社には出ていないだろうからと、小田沼の携帯にかけたのだ。

「テレビ見ましたか？」

というと、

「ああ、見た。それで、今ちょうど君にも電話をしようと思っていたんだよ。白川先生が死んでしまったなんてビックリしているところだ」

「いったい、どうなっているんですかね？　テレビでは、死因に不審な点があるので、警察が調べているみたいなことを、いっていましたが」

「私も、今、テレビのニュースで知って、驚いているところでね。まだ、何が何だか、よくわからないんだ。これから白川先生の亡くなった、ホテルに行ってみようと思っている。君も来たまえ。たぶん、編集者がたくさん集まっているはずだ」

と、小田沼がいった。

「わかりました。これから、急いでホテルに向かいます」

井上も、そういって、腰を上げた。

ホテルNの駐車場には、すでに多くの出版社や新聞社、そして、テレビ局の車が集まっていた。

井上が、タクシーから降りると、先に来ていた編集長の小田沼が傍に来て、

「白川先生の、泊まっていた部屋には、入れないんだ。警察が調べているところで、その調べが終わるまでは、誰も入れないらしい」

と、いった。

次の時代を担う、人気作家というだけあって、井上の顔見知りの、ほかの出版社の編集者も集まっていた。その誰もが、白川がいた部屋には入れないので、自然に、一階の喫茶室に集まってしまった。

井上も小田沼と一緒に、喫茶室に入って、コーヒーを注文した。

「これから大変ですね」

井上がいうと、小田沼はうなずいて、

「うちの雑誌も、白川先生の連載をもらっているんだ。まだ二回分しか書いていないから、本にするわけにもいかない。本にすれば、ベストセラー間違いなしだから、う

ちにとっても大きな痛手だよ」

と、小田沼はいった。

「白川先生は、今、どのくらい連載を持っているんですか？」

井上が、きく。

「私が知っている限りでは、確か五本かな。どの出版社だって、参っているに違いないんだ」

「しかし、何が起きたのか、はっきりしないのは困りましたね」

「そうだな。さっき、知り合いの新聞記者にきいたのだが、どうも、警察は病死と殺人の両面から、調べるらしい」

「病気だとすると、心臓マヒかなんかですかね？」

「とにかく、白川先生は、忙しくて、寝るヒマもないみたいなことを、いっていたからね。おそらく、徹夜で朝まで書いていて、心臓発作を起こしたんじゃないか？」

「しかし、先生は、まだ四十歳でしょう？　その若さで心臓マヒで死んだとは、ちょっと思えませんが」

「確かにその通りだが、しかし、人間だからわからんよ。無理をすれば、若くたって死んでしまう」

「編集長の、知り合いの新聞記者は、警察が殺人の線でも、調べているといっていたんでしょう？」

「ああ、そうだ」

「そうだとすると、白川先生は、殺されたことになりますね？」

「もし、殺人だとわかれば、だ。しかし、まだわかったわけじゃない」

小田沼は、強い調子でいった。

一時間あまりたってから、警察の発表があると知らされて、井上と小田沼は喫茶室を出ていった。

まだ、白川が泊まっていた部屋には、入ることができず、ホテルのロビーで警察の発表があった。

「今、白川純也さんの遺体を、司法解剖のために、大学病院に送りました。その結果がわかれば、死因が、確定できると思います」

十津川という警部が、編集者たちに、いった。

「司法解剖するということは、殺人の疑いがあるということですか？」

編集者の一人がきく。

「その通りです。ですから、司法解剖に回しました」

「どの程度の、疑いがあるんですか？」

小田沼がきいた。

「死因は、心臓発作だと、検死官は見ています。しかし、問題は、どうして心臓発作を起こしたのか、それがわからないので、司法解剖に回すのです」

十津川警部がいった。

「司法解剖の結果がわかるのは、どのくらいの時間が、経ってからですか？」

「遅くとも、今日の夕方には、わかるはずです。その時は、記者会見をします」

十津川は約束した。

4

その日の午後五時になって、司法解剖の結果が、警察によって発表された。

死因は、心不全。しかし、司法解剖の結果、白川純也の体内から大量の覚醒剤(かくせいざい)の一種が検出された。

また、皮下注射の跡があり、何者かが白川に、覚醒剤の一種を注射したと考えられる。

それによって、心臓発作が起こり、心不全で死亡した。死亡推定時刻は、昨夜の十一時から十二時の間。これが警察の発表だった。

つまり、警察は、殺人事件と断定したのである。

井上の出版社でも、白川純也の死の後始末で、てんてこ舞いだった。

雑誌には、白川の連載が載っている。彼の死によって、当然、その連載は中止になる。その後を、いったい誰に頼むのか。それをまず、決めなければならない。困ったことに、白川ほどの人気作家はいないのだ。

白川が死ぬとは思わなかったから、連載は続くものとして、次回の原稿も依頼済みであった。

編集会議を開いているところに、湖北に行っている、広沢弘太郎から電話が入った。

井上が出た。

「井上君か？　テレビを見ていたら、ニュースで、白川君の死は殺人だと、警察が発表していたが」

と、広沢がいう。

「そうなんですよ。それで、こちらもてんてこ舞いです。たぶん、ほかの出版社も同じでしょう。特に、白川先生の連載を掲載していたところは、すぐ、その後を誰に頼むかで大騒ぎのようですね」

と、井上はいった。

「白川君が、どうして殺されたのか、その辺のところは、わかるか？」

と、広沢がきく。

「今のところ、まったくわかりません。警察も、これから本格的に調べるようですから、そうなれば、何かわかってくるかも知れませんが」

井上はいった。

「君には、何もわからないのか？」

と、広沢がきく。

「残念ながら、僕にはわかりません。広沢先生と白川先生は、親しかったんですか？」

井上がきいてみた。

「それほど親しくはなかったね。何しろ、彼のほうが十歳も若いから、時代小説作家の集まりなどでは、顔は合わせても、親しく話したことはないんだ」

広沢がいった。

「そうですか。白川先生とは、誰がいちばん親しかったんですか？」

「さあ、誰だろうかね。同じ年代の作家といえば、藤沢君がいるが」

と、広沢がいう。

「藤沢先生が、親しかったんですか？」

井上はいったが、広沢の言葉には、首を傾げてしまった。

確かに、藤沢という作家は、白川と同じ四十代だが、まったく、売れていない作家だったからである。

「事件について、何かわかったら、すぐにこちらに電話をしてくれ」

広沢は、そういって、電話を切った。

井上は、小田沼に向かって、

「今、広沢先生から、電話があったんですが、死んだ白川先生が、親しかった作家というと、藤沢さんぐらいしか、思いつかないといっていましたが、ほかに誰か白川先生と親しかった作家は、いなかったのですか？」

井上がきくと、小田沼は考え込んで、

「とにかく、白川先生は、急に売れ出してしまったからね。作家同士というものは、急に一人が売れ出すと、ほかの作家たちは、自然に引いてしまうものなんだ。あの広沢先生だって、白川先生が売れなかった頃は、ずいぶんと可愛がっていたらしい。それが、白川先生が売れ出して、自分のライバルになったとたんに、急に冷たくなったという噂だったからね」

「つまり、ライバル視してしまったということですか?」

「ああ、作家同士というのは、そんなもんなんだよ」

と、小田沼がいった。

二人の会話を、きいていたらしい先輩の編集者の小川が、井上に近寄ってきて、

「君は、野中さんを知っているか?」

と、きいた。

「野中さんって、誰ですか?」

「野中秀雄だよ。昔、新進作家として有望視された男だが、今は、作家を辞めてしまっている」

「それじゃあ、僕は、知りませんよ。その人が、どうかしたんですか?」

「野中秀雄という人は、今もいったように、二十代の頃は、新人として、有望視されていたんだ。ところが、現在では、亡くなった白川純也、白川先生のマネージャーをやっていてね。その上、運転手もやっている」

と、小川はいった。

「どうして、その人は、作家を辞めてしまったんですか？」

と、井上は、小川にきいた。

小川は、井上より十歳年上で、それだけに、作家のことも、井上より詳しかった。

「僕が新人として、ここで働くようになった頃、つまり、今から十五、六年前だが、その頃、白川純也も、今いった野中さんも、同じ新人の作家として、競い合っていたんだ。その時は、どちらかといえば、野中さんのほうが、将来性があるといわれていた。しかし、いつの間にか、白川純也のほうが、人気作家になってしまった。そうなると、どうしても野中さんのほうが、影が薄くなってくる。それにつれて、小説の注文もこなくなってね。それで、野中さんは困ってしまった。結婚して、奥さんもいれば子供もいる。それを見かねて、白川先生が、助け舟を出したんだな。それで、野中さんは、作家を辞めて、白川先生のマネージャーになった。それだけではなく、白川先生の車の運転手にもなった」

と、小川がいった。

「そうなることに、ためらいは、なかったんですかね？」

「ためらいって？」

「二人は、ライバルだったんでしょう？　新人作家として、競い合っていて、その頃は、野中という人のほうが有望だった。いくら生活に困ったからといって、ライバルだった白川先生のマネージャーになって、その上、白川先生の乗る車の運転手までやる。そういうことに対して、その野中という人は、抵抗がなかったんですかね？　普通は、抵抗があるものでしょう？」

「その点は、僕にはわからん。先日、この野中さんに会ったんだ。確か、誰かのパーティの時で、それには白川先生も出席していたんだが、白川先生の乗る車がパーティ会場に着いた時、野中さんが、運転手をやっていた。それで、少し意地悪だとは思ったが、僕は、野中さんにきいてみたんだよ。すっかり、小説を書くのを止めてしまっていますけど、今の生活に満足していますかってね」

「少しばかり、酷な質問をしたんじゃないですか？」

「確かに、酷な質問なんだ。しかし、野中さんは、僕に、そんなことをきかれても、ニコニコとしていたね。小説を書いている時は、果たして、売れるかどうか、それが心配だった。しかし、今は、そんなことを考えないで済むから、呑気にしているよ。野中さんは、そういったね」

「運転手をしていることについては、抵抗はなかったんですかね？」

井上が、もう一度、きいた。

「いや、それについても、こんないい車を、運転できるんで、結構、楽しいんだ。そういっていたよ」

「確か、白川先生の車は、ベンツの最高級車でしたね？」

「そうなんだ。野中さんは、こうもいっていた。このベンツは、千五百万円はする。もし、自分が、今も売れない小説を書いていたら、こんな車には、到底乗ることができない。それが、こうやって乗れるんだから、それはそれで結構、楽しいんだよ。野中さんは、そういっていた」

「それって、負け惜しみじゃないんですかね？」

「それは、わからない。人間の気持ちなんて、わからないからね。僕が感じたのは、野中さんが、今の生活に満足しているようだったということなんだ。ただし本心は、わからないよ」

と、小川は、付け加えた。

5

翌日の朝刊には、人気作家、白川純也の死が、大きく取り上げられた。殺人事件と、警察が断定したので、なおさら、扱いが、大きくなったのかも知れなかった。

新宿警察署に、捜査本部が置かれた。捜査の指揮にあたるのは、警視庁捜査一課の十津川警部である。

十津川は、二つの線から、この事件を調べることにした。

一つは、作家としての白川純也が、誰かに恨まれたり、ねたまれたりしていなかったかどうか。

もう一つは、女性の線である。白川純也は四十歳だが、結婚はしていない。そして、人気作家だけに、結構、女性関係が盛んだったと、聞いたからである。

とすれば、女性関係のもつれで殺された可能性もあった。

その二つの線で、捜査が開始された。

白川には、主治医がいた。十津川はまず、その後藤という医者に会って、最近の白川純也の健康状態について、きくことにした。

六十歳になる、その後藤医師は、

「白川さんに悪いところは、ありませんでしたよ。確かに、売れっ子でたくさん書いていましたから、疲れはあったと思いますが、しかし、心臓が、悪かったということもありませんし、肝臓も、いたって丈夫なほうでした」

と、いった。

「白川さんの死因なんですが、こちらで調べたところ、覚醒剤の一種を注射されたために、それで、心臓発作を起こしたということになっています。疲れた時など、白川さんから、栄養剤の注射を頼まれませんでしたか？」

十津川が、きくと、後藤医師は、

「ええ、頼まれたことは、ありますよ。徹夜が続いた時など、ビタミン剤を注射したことがあります」

「白川さんが、あなた以外の人に、ビタミン剤の注射を頼むというようなことは、あったでしょうか？」

「皮下注射というのは、少し慣れていれば、誰にもできますからね。ですから、私以外の人に、栄養剤の注射を頼んだことがあったかも知れませんね。いや、おそらく、あったと思いますよ」

「誰が、白川さんに、そうした注射をしたと思いますか？　いい方を換えると、白川さんは、栄養剤の注射を誰に頼んでいたと思いますか？」

十津川は、後藤医師にきいた。

「それは、わかりません。おそらく、女性じゃないかな？　白川さん、女性とのつき合いが多かったですから。たとえば、その中に看護師経験者がいたりすれば、その女性に、疲れた時、栄養剤の注射を頼んでいたのかも知れませんね」

と、後藤医師はいった。

十津川は、白川のつき合っていた女性の中に、看護師経験者が、いなかったかどうか、至急調べることにした。

白川と特に親しかったとして、上がってきた女性の名前は、三人である。

一人は、若手の女流作家。あとの二人は銀座のクラブのママと、白川のファンの女性で、女子大生だった。

この三人の中で、クラブのママが、元看護師とわかった。年齢三十歳、名前は、桜井美由紀。現在、銀座でクラブのママをやっているが、二十代の頃は、大学病院の看護師だった。

十津川は、亀井とまず、その桜井美由紀に、会うことにした。

その店に行って、ママに会って話をきいた。

桜井美由紀は、白川の突然の死に、ショックを受けているといった。

「うちのお得意さんでしたもの。それに、とても面白い先生だったから、残念で仕方がないんですよ。いったい誰が、殺したのかしら?」

と、美由紀は、十津川にいう。

「今、それを、調べているのですが、あなたは、白川さんとかなり親しかったときいたんですが、それは、本当でしょうか？」

「ええ、親しかったですよ。先生が仕事をしているホテルにも、何度か行ったことがありますし」

「白川さんが亡くなった、あのホテルにも、行かれたことがあるんですか？」

「ええ、行きました」

「その時ですが、あなたは、疲れている白川さんに、栄養剤の注射をしませんでしたか？　たとえば、ビタミン剤の注射ですが」

十津川はきいた。

「それって、私が、疑われているんですか？　何でも、白川先生は、覚醒剤か何かを注射されて、それで、心臓発作を起こしたとニュースで聞きましたけど」

と、美由紀がいう。

「いや、別に、あなたが犯人だとは思っていません。ただ、白川さんは、疲れてくると、よく栄養剤の注射を頼んだ。そうきいたので、ひょっとして、あなたが頼まれて、その注射をしたのではないか。そう思って、おききしているんです」

「それなら、二回ばかり、白川先生に注射したことがありますよ。ええ、もちろん、ビタミン剤の注射ですけど」

美由紀がいった。

「それは、いつ頃のことですか？」

と、十津川がきいた。

「いつ頃だったかしら。確か、先月でした。先月の二十日頃だったかしら。あのホテルに行って、肩を揉んであげて、それから、疲れたというので、ビタミン剤の注射をしてあげたんです」

「注射器なんかは、あなたが持っていったんですか？」

「いいえ、白川先生が用意しているんです。疲れている時や、徹夜している時などは、疲労回復の注射をしてもらいたい。そういわれて、今いった一ヵ月前に、あのホテルに行って、ビタミン剤の注射をしてあげたんです。そのほかにもう一回、あれは、三ヵ月ぐらい前だと思いますけど」

と、美由紀がいった。

「白川さんは、主治医の後藤という先生にも、時々、栄養剤の注射を頼んでいたようなのですが、あなたと、その後藤先生のほかに、誰か白川さんに、栄養剤の注射をしていた人を知りませんか？」

「私のほかに、白川先生が、注射を頼んでいた人がいたんですか？」

美由紀が、少しばかり気色ばんだ表情で、きいた。

「今、それを調べているんです。あなたは、栄養剤の注射をしたことを認めている。それは、主治医の後藤先生もです。しかし、犯人は、白川さんに覚醒剤の一種を注射した。それで、白川さんは死んだんです。ということは、その犯人が、白川さんを押さえつけて、無理矢理、注射をしたとは思えない。何しろ、ホテルの一室ですからね。白川さんが、ドアを開けてその犯人を中に入れ、そして、栄養剤の注射を頼んだ。われわれは、そう考えているんです。ということは、白川さんと親しい人間ということになってきます。それで、もう一度、おききするのですが、あなた以外に、白川さんが、栄養剤の注射を頼むような人はいませんでしたかね？」

「私は、そんな人知りませんよ。そんな人がいたのかどうかも、知りません。いたのなら、教えてください」

美由紀は、強い口調でいった。

「そうですか。それでは、もし、何かわかったら、すぐ、われわれに電話をしていただきたい」

十津川は、そういって、捜査本部に戻った。

十津川が、三上本部長に報告すると、三上は、

「こちらでも、それらしい人物が、一人浮かんだんだ。すぐ、その人物にあって、話をきいてきて欲しい」

と、いった。

「白川純也が、栄養剤の注射を頼むような、立場にいる人間ですか？」

「その通りだ。白川には、野中というマネージャーがいたんだ。正確にいえば、マネージャー兼運転手だ。どこに行くにも、白川の車は、その野中という男が運転していたし、白川の小説がテレビや映画になる時は、その話を、野中というマネージャーが引き受けて交渉している。その男なら、白川は安心して、栄養剤の注射を頼んだんじゃないのかね？」

と、三上がいった。

「その野中という男は、今、どこにいるんですか？」

「現在、永福町(えいふくちょう)の白川純也の家にいると思われる。すぐ、いって欲しい」

十津川と亀井はすぐ、パトカーで永福町に向かった。

白川純也の自宅は、日本風の大きな屋敷である。そこにも、刑事たちが来ていたし、

マスコミの関係者も集まっていた。

十津川と亀井は、そこで、野中という白川のマネージャーに会った。

年齢は、死んだ白川と、同じ四十代に見える。

十津川と亀井は、野中を家の外に呼び出して、

「あなたは、白川さんのマネージャーをやっていたそうですね？」

十津川が、きくと、野中はうなずいて、

「ええ、もう五、六年やっています」

「それでは、白川さんが、仕事をしていたホテルにも行ったことが、ありますね？」

「ええ、もちろん、ありますよ。白川さんは、ホテルで仕事をしていて、必要な参考文献があると、私を呼ぶんですよ。持ってくるようにと。だから、何回か、あのホテルに行っています」

「白川さんは、疲れてくると、親しい人に、栄養剤の皮下注射を頼んだといわれているんですが、あなたも、白川さんから頼まれて、栄養剤の注射をしたことがありますか？」

十津川がきいた。

「いや、私は、したことがありません。確か、主治医の先生がいて、栄養剤の注射を

したい時には、その先生を呼んでいた筈だから」

と、野中はいった。

十津川は、その言葉を、そのまま信じることはできなかった。何しろ、白川は、主治医の後藤医師のほかに、クラブのママにも、栄養剤の皮下注射を頼んでいるのだ。

とすれば、数年間、マネージャーをやっているという、この野中という男にも、皮下注射を頼んでいたのではないか？ 慣れれば、素人にも皮下注射はできると、後藤医師はいっていた。

「最後に、白川さんに会ったのは、いつですか？」

十津川が、話題を変えた。

「確か亡くなる三日前です。今、K社の雑誌に連載している時代物で、参考資料を持ってきてくれといわれて、あのホテルに、持参したのを覚えています。それが、亡くなる三日前でした」

「すると、あなたは、マネージャーだが、毎日、あのホテルに、詰めていたわけではないんですね？」

十津川が、きくと、野中は笑って、

「そんなことはできませんよ。何しろ、作家というのは、神経質ですからね。マネージャーの私が、年がら年中そばにいたら、小説なんて書けませんよ。呼ばれた時だけ行くようにしていました。それで、何年もやって来たんです」

と、いった。

6

白川純也の告別式は、青山葬儀場で行われた。

人気作家だったから、盛大だった。

広沢弘太郎も、湖北のホテルから、急遽、帰京して参列した。

いや、それだけではなく、白川のライバル作家ということで、作家を代表して、惜別の辞を述べた。

〈私と君は、時代小説作家として、戦友であり、同時に、ライバルでもあった。ある人は、面白がって、必要以上に、私たちをけしかけて、お互いの悪口をいわせようとした。聖人君子でない私たちは、時には心ない嘘にだまされて、悪口をいい合ったこともあった。それを、批評家たちは、歪曲化して、時には年上の私が、若い君に嫉妬しているといい、時には若い君が何も知らないと無知扱いにした。しかし、私たちは、胸の底では、お互いを尊敬し、お互いの力を認め合っていた。私は、君が、次の時代小説、歴史小説の担い手であることを、早くから認め、期待していた。君も、その自負を持っていた筈である。それなのに、君は、その志なかばにして、倒れてしまった。君の口惜しさは、いかばかりだったろうか。私も、君がなし得たであろう創作活動の成果の大きさを考えて、今、口惜しさを嚙みしめている――〉

広沢は、とつとつとして、白川に語りかけた。

告別式のあと、広沢は、いくつかの雑誌の求めに応じて、白川純也について語った。井上の雑誌でも、編集長の小田沼が、彼にインタビューした。

井上が、それをテープにとり、ゲラにした。

それを、小田沼と読み合わせをしたあと、

「何か、変な気分ですね」

と、井上はいった。小田沼は笑って、

「広沢先生の、歯の浮くような白川純也礼賛なら、タテマエに決まってるじゃないか。広沢先生が、若い白川先生を嫌っていたことは、みんな知ってるんだ」

「ヤキモチですか?」

「ヤキモチというより、恐怖だろうね。そのうちに、読者は、全て、白川先生のものになって、自分の古い小説は、読まれなくなるという恐怖だよ。だから、何とかして、白川純也を、おさえつけようとしていた。編集者も、広沢先生の前では、絶対に、白川先生をほめなかったものだ」

「そうですか――」

「他にも、何かあるのか？」

「実は、広沢先生の今度の書き下ろしのことなんです」

「大丈夫だ。あれは売れる」

「僕も、そう思いますが、気になっているのはストーリーなんです」

と、井上は、いった。

「ストーリーも、なかなか、面白いよ」

「確かに、面白いですが、よく考えてみると、あのストーリーは、現実を予想しているようなところがあって、気味がわるいんです」

「どんな風にだ？」

「小説では、柴田勝家が、妻のお市の方の助けを借りたり、策を講じたりして、ライバルを倒して、天下を統一していくことになっています。勝家を、広沢先生だとすると、奥さんは、お市の方と呼ばれていますし、今度、最大のライバルで、自分より若い白川先生が、亡くなってしまいました。これで、時代小説の世界では、しばらく、広沢先生の天下で、安泰なんじゃありませんか」

井上が、考えながら、いった。

小田沼は、別に驚きもせず、

「だから？　何をいいたいんだ？」

「現実と、小説が、符合するんですよ」

「いけないか？」

「いけなくは、ありませんが――」

「広沢先生の今度の書き下ろしは、歴史的事実を引っくり返すわけだから、モデルがないみたいなものなんだ。そうなると、たいていの作家は、自分のまわりにモデルを探す。家族や友人の中にだよ。そう考えれば、広沢先生の小説に、奥さんらしい女性が出てきたり、仲間の作家らしい人物が出てきても、不思議はないんだよ」

「しかし、殺人が起きてますよ」

「たまたまだろう」

「でも、小説と符合しています」

「しかしねえ。広沢先生が、白川先生を殺したわけじゃないんだ。それだけは、符号してないじゃないか」

と、小田沼はいい、笑った。

その時、小さな声が、井上に囁いた。

（ひょっとすると、広沢は、白川純也殺しに、関係しているんじゃないだろうか？）

第六章　からくり

1

白川純也の告別式の後で、彼を偲ぶ座談会が、小田沼の司会で、開かれた。

場所は、時代物の作家らしく、向島の料亭の座敷だった。

その座談会には、広沢弘太郎も出席した。ほかに、時代物作家が二人。その一人として、若手で白川に私淑していた、楠木文恵が出席した。

ほかに、文芸評論家が二人。座談会のタイトルは、「白川文学の世界を探る」というものだった。

三時間近い座談会が、終わった時だった。突然、楠木文恵が、広沢に嚙みついた。

「白川先生を殺したのは、広沢先生じゃないですか？」

楠木文恵が、広沢に、面と向かって、大声で叫んだのである。

司会役の小田沼はあわてて、机の上に置いておいた、テープレコーダーの、スイッチを切ってから、「とんでもないことを、いわないでくれませんか？　これは、故人を偲ぶ会なんですから」

と、たしなめた。

しかし、それでも楠木文恵は、口を閉ざそうとはせず、相変わらず広沢を睨んで、

「先生は、時代物の、第一人者を自負していらっしゃると思いますけど、今はもう、時代は、あなたのものじゃないんです。白川先生の時代なんですよ。データを見たって、それが、はっきりしているじゃありませんか？　白川先生のお書きになるものは、すべてベストセラーになって、批評家からも絶賛されているんですよ。失礼ですけど、広沢先生は、今、そんな力強いものを、お書きになっていらっしゃいますか？　まったくないじゃありませんか？　広沢先生は、だから、白川先生が怖かったんでしょう？　いつか追い越される。いえ、追い越されていることに、気がついていらっしゃるからこそ、何とかして、白川先生を潰してやりたい。いつも、そう思っていらっしゃったんじゃありませんか？　そして、とうとう白川先生を、殺してしまった。私は、そうに違いないと、思っているんです。お怒りになっても構いませんよ。私は、そう信じているんですから」

楠木文恵のほかに、座談会には、時代物を書く、杉山仁という中堅作家も、出席し

ていたのだが、どういっていいのかわからないという顔で、黙っている。

二人の評論家も、楠木文恵の容赦ない、広沢弘太郎への攻撃に、ビックリしてしまって、黙り込んでしまった。

そんな重苦しい空気の中で、さすがに広沢は、鷹揚に笑って、

「楠木君は、若いだけに、いうことが大胆で感心するが、しかし、あなたのいうことは、間違っていますよ。確かに私は、もう時代遅れかも知れない。その上、白川君の書く新しい時代小説に脅威を感じていることも、認めますよ。だから、私も、頑張っているんです。白川君の書くものは、常に、ベストセラーになっていて、映画にもなっている。しかし、私の書くものだって、かなり売れているんですよ。それは、出版社の人間にきいてもらえばわかる。白川君のような、新しい作家、彼の書く新しい時代小説には、敬意を表しますがね。だからといって、彼を殺したいなんて、そんなことを考えたことは、一度だってありませんよ」

と、いった。

広沢の言葉に、評論家の一人が、ほっとした顔で、

「元々、亡くなった、白川さんの書く時代物と、広沢さんの書くものとは、まったく世界が違うんですよ。どちらがいいともいい切れません。お二人の読者だって、時代

物のファン層を、二分しているんじゃありませんかね。ですから、われわれ評論家としては、常に、広沢さんと白川さんが競い合って、時代小説を書いていって欲しかった。その一方がなくなったのは、残念ですが、その分も、これから先、広沢さんには、書いて貰いたい。それがまた、ファンの願いでもあるんじゃありませんか？」

「どうして、そんな、きれいごとをいうんですか？　皆さんだって、本当のところをご存じなんでしょう？」

楠木文恵が、負けずに、また大声を出した。

「少し、慎んだらどうですか？」

同席していたもう一人の作家杉山が、たまりかねたように、口を挟んだ。

「いえ、黙りませんよ。だって、広沢先生が、白川先生を殺したんですから。それは間違いないと、私は思っています。だから、警察に捜査してもらいたい。警察が調べてくれれば、真相がつかめるんですから」

「困りましたね。まるで、私を容疑者扱いしているが、警察が、私のことを、調べているということもないし、私は、白川君が死んだ時には、琵琶湖のそばのホテルで、新しい小説を書いていたんですよ。最近になく、力の入った作品なので、ほとんど、ホテルから外出することもなく、書き続けていた。それがやっと完成した。そのことは、ここにいる小田沼編集長が、よく知っている。私はね、その作品に熱中していたから、東京に来て、変なマネをするような時間はなかったんですよ」

広沢が、微笑しながら、いった。

「長浜のロイヤルホテルに、泊まっていらっしゃったんでしょう?」

「それを知っているのに、どうして、あなたは、私が白川君を殺したなんて、バカなことをいうんです?」

「長浜なら、新幹線を使えば、東京まで二時間半ぐらいで、来られるでしょう? 簡単に、長浜から東京に来られるんですよ。もし、白川先生を殺そうと思えば、いつでも東京に来られるじゃありませんか?」

楠木文恵が、そんなことをいって、相変わらず、広沢に噛みついている。

「困りましたねえ。どうしたら、私のことを、信用してもらえるのかな」

広沢は、まだ余裕を持って、楠木文恵を見ている。

「だから、警察が先生のことを調べればいいんですよ。そうすればきっと、容疑が出てくるに決まっているんですから。そんな先生を、私は、許すことができないんですよ。だって、そうでしょう。白川先生という、新しい書き手を、殺してしまったんですから。日本の文学に対する、大きな損失じゃありませんか? その責任は、広沢先生、あなたにあるんですよ！」

文恵が、また大きな声を出した。

「いい加減に、止めたまえ！」

小田沼が、叱るように、いった。

それを、広沢は手で制するようにして、

「楠木君は、きいたところでは、亡くなった白川君を、尊敬していた。だから、彼の死に、大きなショックを受けて、まるで、私が犯人であるかのように口走っているのかも知れない。まあ、それはそれでいいでしょう。そうだ。私のほうから、警察に頼んで、私のことを、調べてもらうことにしますよ。そうすれば、あなたにも、納得してもらえるんじゃないかな」

広沢は、楠木文恵に向かって、いった。

「広沢先生、何も、そこまでなさらなくても、結構ですよ。先生が白川先生の死に、まったく関係のないことは、誰だって、知っているんですから」

小田沼が、いった。

そんな小田沼に対しても、楠木文恵は、

「誰だってなんて、どうして、そんなことが、いえるんですか？　少なくとも私は、広沢先生が、白川先生を殺した。そう信じているんですから、当然、警察に調べてもらいたいと、思っていますよ」

「いいんだ、いいんだ」

と、広沢がいった。

「今もいったように、私のほうから警察に頼んで、私が果たして、東京に来て、白川君を殺せたかどうか、調べてもらいますよ。たとえ一人であろうと、二人であろうと、殺人の嫌疑を持つ人がいるというのはイヤなもんですからね」

2

これまでに、広沢弘太郎の妻で、画家の富永美奈子の愛人といわれた山内慶が殺されたことで、東京には、捜査本部が置かれていた。

そして、今度の、白川純也殺しである。同じ捜査本部が捜査に当たることになった。捜査の指揮を執るのは、警視庁捜査一課の十津川である。

十津川は、まだ、広沢弘太郎を、容疑者とは見ていなかった。そこへ、広沢弘太郎自身から、自分のことを調べて欲しいという申し出があって、十津川の方が面くらった。

十津川は、まず広沢弘太郎に会って、話を聞くことにした。

広沢は、出版社の小田沼という編集長を連れてきていた。その広沢が、いきなり、

「白川純也殺しの容疑者として、私のことを調べて欲しい」

と、いった。

十津川は、当惑して、

「広沢先生は、容疑者には、入っていないんですよ。きいたところでは、白川さんが殺された時には、広沢先生は、滋賀県長浜のホテルで、仕事をなさっていたそうじゃありませんか？」

と、いった。

「実は、亡くなった白川純也君のことを、尊敬している若い女流作家がいましてね。彼女は、私が、白川純也君を、殺したと主張してやまないんですよ。たった一人であれ、疑われるのは、私としては、本意ではありませんからね。それで、何とかして、自分が今回の事件とは、関係がないことを証明したい。しかし、私個人がいくら、白川純也君を殺していないと主張したって、あの若い女流作家は納得しないでしょう。ですから、こうして、お願いに上がったんですよ。専門家の刑事さんが、私のことを

調べてくれれば、すべてがはっきりする。警察のお墨付きをもらえば、あの若い女流作家も、納得してくれるでしょう。そう思ったものですから、こうして伺ったんです」

広沢は、余裕のある口調でいった。

十津川は、自分に渡された名刺と、小田沼を見比べるようにして、

「小田沼編集長さんですね？　あなたは、どういう気持ちで来られたのですか？」

「今、広沢先生がいわれた通りなんです。昨日、亡くなった白川純也さんを悼んで、座談会を開いたんですよ。作家、評論家などが参加して、盛況だったんですが、その中に、楠木文恵という若い女流作家がいましてね。彼女は、白川さんの、ものすごいファンだったんです。その白川さんが突然死んでしまったので、動転してしまったのかも知れません。それで、座談会が終わった時に、ここにいらっしゃる広沢先生を捕まえて、白川純也さんを殺した犯人だと、大声で叫ぶんですよ。

それで困ってしまいましてね。もちろん、楠木文恵という女流作家が、一人で叫んだって、広沢先生を疑うような人間は、誰もいないと思いますが、しかし、広沢先生ご自身が、たった一人でも、自分のことを疑っている人間がいるというのは辛い。この際、専門家の刑事さんに、自分のことを調べてもらって、潔白を証明したいとおっ

しゃるので、こうして、お連れしたんです」

「一つおききしたいのですが、広沢先生が犯人だとすると、動機は、どういうことになるんでしょうかね？」

十津川は、広沢本人に、きいてみた。

広沢は、笑って、

「これも、楠木文恵という女流作家のいい分なんですがね。私は、もう時代物を書く作家としては、古い存在になってしまったと、彼女はいうんです。時代おくれだというわけですよ。そこへ、白川純也君という、新しい書き手が現れた。そこで私が、新しい書き手の白川君に嫉妬（しっと）して、殺してしまった。彼女はそういうんです」

「小田沼さんは、どう思うんですか？」

「そんなことは、絶対にありませんよ。どこの出版社に、おききになられても結構ですが、広沢先生と白川先生は、現在の時代物を担っている、二人の巨人なんですよ。どちらが優れているとか、どちらが新しいとかはいえません。われわれ出版社の人間から見れば、お二人の作品は、どちらも是非欲しい。そう思っているんです。ですから、楠木文恵さんがいったような動機は、まったく成立しないんじゃありませんか？」

「じゃあ、いったい、どこを、調べたらいいんですかね？」

十津川は、苦笑した。

「警察が自分の考えで、私の容疑を、調べてくれればいいんです。どんな質問にも私は、正直に答えますから」

広沢はいう。

「じゃあ、こうしましょう」

と、十津川がいった。

「今いわれた動機というのは、考えないことにしましょう。小田沼さんが、そんな動機は成立しないといいましたからね。ですから、純粋に、広沢先生に、白川純也さんを、殺すことができたかどうか、それを調べてみることにします。その結果については、すぐ、ご報告しますよ」

十津川は、そう約束した。

広沢弘太郎と編集長の小田沼が帰ると、十津川は、捜査本部長の三上に、自分の考えをいった。

「この際ですから、広沢弘太郎という作家を調べてみたいと思います」

「しかし、容疑者にはなっていないんだろう？」

三上が、首をかしげてきく。

「そうです。広沢弘太郎は、今のところ容疑者にはなっていません。何しろ、滋賀県の長浜のホテルに、泊まっていましたからね。その広沢弘太郎に、東京で白川純也を、殺せるはずはありません。しかし、考えてみれば、広沢弘太郎が、白川純也と張り合っていたことは、間違いないんです。第一人者だった広沢弘太郎が、少しずつ退いていって、その代わりのように、白川純也が出てきた。これも事実ですから、広沢弘太郎が嫉妬して、白川純也を殺すということが、まったく考えられないわけでもありません。動機としては、立派に成立するんです。それにですね、広沢弘太郎のことを調べていけば、白川純也と関係のあった作家や、編集者などが間接的に、調べられますから、決してムダになることは、ないと思います」

十津川は、説明した。

「それで、これから、どんなふうに、調べるつもりなんだ？」

「広沢弘太郎は、明日、滋賀県長浜に戻って、仕事を続けるそうです。ですから、私も亀井刑事と二人で長浜に行って、向こうのホテルで、広沢弘太郎の、アリバイなどをきっちりと調べてみるつもりです」

と、十津川はいった。

3

翌日、十津川と亀井は、広沢弘太郎を追うように、新幹線で滋賀県の長浜に向かった。

「何だか、ちょっと、妙なことになってきましたね」

新幹線の中で、亀井がいった。

「確かに、妙な具合だ」

「こちらから、容疑者を追いかけるということは、いつでもありますが、向こうから、自分を容疑者として調べてくれといってきたのは、今回が初めてですよ」

「確かに、そうなんだ。広沢弘太郎の考えは、私にはよくわからん」

「彼のことを犯人扱いにした、楠木文恵という女流作家には、お会いになりましたか?」

「もちろん、会ってきた」

「それで、どんな女性でしたか?」

「年齢は三十五といっていた。時代物といっても、サムライの世界ではなくて、町人の世界を書いている。そういう女性だよ」

「市井の人々を、書いているとすると、広沢弘太郎とは、かなり違う作風ですね」

「だからこそ、白川純也を、尊敬していたんじゃないのかね？　白川純也は歴史小説も書くが、しかし、町人の世界も書いているからね。彼はそれで、賞ももらっているんだ」

「とすると、楠木文恵という女流作家は、殺された白川純也に、惚れていたんでしょうか？」

「話しているうちに、そんな気配が感じられたね。白川純也の、サイン入りの本が、机の上に大事そうに置いてあったよ」

「その女性ですが、本当に、広沢弘太郎が、白川純也を殺した、と信じているんでしょうか？」

「その点を彼女に、きいてみたんだ。楠木文恵は、大学を卒業した後、証券会社でOLをやっている。三十歳に近い時、時代物の懸賞小説に、応募して当選した。その時の審査員が白川純也だった。別に、そのために、親しくなったとは思わないが、彼女は、白川純也の世界が好きだといっている。そして、今の小説の世界では、白川純也が第一人者で、広沢弘太郎のほうは、すでに峠を越していて、面白くないともいうんだ」

「それだけで、彼女は、広沢弘太郎が白川純也を殺したと、思い込んでいるのですか？」

「彼女は、こんな話もしてくれた。それは、M社という出版社の編集者から、こんな話をきいたというんだよ。ある時、その編集者は、広沢弘太郎と旅行に行った。東北の温泉だったらしい。そこで、広沢弘太郎は、いつもは飲んでも乱れない男なのに、その時は、すっかり酔ってしまった。そのうえ、一緒に行った編集者に向かって、こんなことをいったんだそうだ。俺は、白川純也という作家が嫌いだ。生意気で、俺のような先輩を尊敬するようなこともない。だから、俺が白川を殺してこいといって、短刀を渡したら、お前は、白川を殺してくれるか。真顔で、そうきかれたんだそうだよ」

「ずいぶん、思いきったことをいったんですね」

「これは、楠木文恵という女流作家の話だからね。本当かどうかは、もちろんわからないんだ。彼女は、本当の話だといっていた。つまり、広沢弘太郎という第一人者は、いつもは悠然と構えていて、どんなことにも動じることがない。そんな男がたまたま、ある出版社の編集者と一緒に、温泉に行き、そこでしたたか酔ってしまった。それで、本音が出たんじゃないか？　彼女は、そういうんだよ」

「その話の続きですが、もちろん、殺してこいといわれた編集者は、そんなことはしなかったわけですよね？」

「もちろん、そんなことをいわれて、じゃあ、殺してきますという人間は、いないだろう。ただ、楠木文恵の話によると、その編集者は、その時、広沢弘太郎が、半分本気でいったと受け取ったらしい」

「その話が本当だとすると、広沢弘太郎には、動機があるというわけですね？」

「ああ、でも、動機があっても、アリバイがあれば、広沢弘太郎は、事件には関係がないことになってくるよ」

十津川は、努めて冷静にいった。

4

新幹線を米原（まいばら）で降り、二人は、そこから、タクシーを拾って、長浜に向かった。

琵琶湖の湖岸を走り、二十分足らずで、長浜の街に入った。

長浜は、琵琶湖の東岸に開けた街である。昔、そこには長浜城があって、豊臣秀吉が、その城に入っている。現在、その城は復元されていた。

その復元された長浜城のそばに、広沢弘太郎が、二ヵ月あまり泊まり込んで仕事をしている、ロイヤルホテルがあった。

今日のところは、広沢弘太郎には直接会わず、ホテルのフロントやルームサービスの係に会って、広沢弘太郎の話をきくことにした。

まず、フロントで、広沢弘太郎について話をきいた。フロント係の話では、広沢弘太郎は、三月二十三日から、秘書の木村由紀と二人で、このホテルに、泊まっているという。

「広沢さんは、ここで毎日、どんな生活を送っているんですか？」

十津川が、きくと、フロント係は、

「いつも、秘書の木村由紀さんという方と、ご一緒ですよ。外出される時も一緒です。でも、あまり外出されることがなくて、ほとんど一日中、原稿を、書いていらっしゃる感じですね。ここにお泊まりになった理由は、この長浜もそうですが、この近くの余呉湖の南に賤ヶ岳という山があって、それが、賤ヶ岳七本槍（しちほんやり）で有名な、古戦場ですから、そういうところにも、取材に回られていらっしゃいますね。私どものほうで、古戦場周辺の地図を差し上げたりもしました」

「今日が、五月の三十日ですから、三月二十三日から今日までの間に、広沢さんが、東京に行ったという日は、なかったですか？」

亀井がきいた。

フロント係は、宿泊者名簿を取り出して、

「先日、作家仲間の方が、亡くなられたからといわれて、二日間、東京に戻っていかれたことがありましたが、そのほかには、こうして見ますと、ずっと、このホテルに泊まっていらっしゃいますね。朝食は、バイキングなんですが、それもきちんととられているし、夕食の後、必ず部屋で、広沢先生は晩酌をとるんですよ。夕食の後、午後九時前後ですが、ルームサービスが毎晩、お部屋にお酒をお持ちしていますから、上京したということはないみたいですね。いつもお部屋に行くと、必ず先生はいらっしゃって、ルームサービスの時、サインを、されるようですから」

と、いった。

「五月二十三日ですが、この日も、広沢弘太郎さんは、こちらにお泊まりでしたか？」

十津川がきいた。

五月二十三日というのは、東京で、白川純也が殺された日である。

フロント係は、また宿泊者名簿に、目をやってから、

「その日でしたら、間違いなく、このホテルに、いらっしゃいましたよ。いつものように、秘書の方とお二人で、朝食をおとりになって、夕食の後、お酒をお持ちしました」

「しかし、朝食と夜の晩酌の間は、広沢弘太郎さんと、秘書の二人が、必ずしも、このホテルに、いたという証拠は、ないわけでしょう?」

十津川がきくと、フロント係は、首を横に振って、

「この五月二十三日は、昼間も間違いなく、当ホテルに、いらっしゃいました」

「どうして、それが、わかるんですか?」

「先生は、書いた原稿を、ウチのフロントに置いてあるファックスで、東京に送っていらっしゃるんですよ。確か、二十三日も、書き上げた原稿を、一階のフロントまでお持ちになりましてね。午後一時頃です。これを東京の出版社に送って欲しいと、そういわれたんです。それで、お送りしました。ですから、五月二十三日は、先生は昼間も、ここにいらっしゃったわけです」

「しかし、その日の原稿は、東京の出版社で約百枚と、きいているんですよ。百枚の原稿をファックスで送るのに、それほど、時間はかからんでしょう? せいぜい、二

十分で済んでしまうんじゃないかな？　だから、そのほかの時間は、広沢先生には、アリバイがないんじゃありませんか？」

十津川が、突っ込んで、きいた。

「しかし、それだけではないんです」

と、フロント係がいった。

「この日ですが、先生は、ひどく上機嫌でしてね。これが最後の原稿だから、これを送ってしまえば、もう終わりだ。そういわれたんです。そして、フロントにあるファックスで東京の出版社に、最後の原稿を送った後、乾杯をしたいから、酒を部屋に持ってきてくれといわれたんですよ。そこで、確か、夕方の六時頃でしたか、シャンパンをお持ちしましてね。それで、秘書の方と、乾杯をしていらっしゃいましたよ」

5

その日、十津川たちは、同じロイヤルホテルにチェックインした後、広沢弘太郎には会わず、秘書の木村由紀に会うことにした。元出版社の社員だったという、秘書である。

彼女を一階のロビーに案内し、そこでコーヒーを飲みながら、二人は、彼女に、話をきくことにした。

「確か、広沢先生は、今年の三月二十三日からこのロイヤルホテルに、泊まっていらっしゃるんでしたね？」

十津川が、まず、確認するようにきいた。

「その通りです」

秘書の木村由紀が、手帳を見ながら、いった。

「その後、ずっと二ヵ月間ですか、このホテルに籠もって、原稿を、書いていらっしゃったわけですね？」

「ええ。新しい時代物を、書くんだと張り切っていらっしゃいました。わざわざ、この長浜に来て、古戦場を見たりしながら、ここで、原稿を、書き続けたんです。そして、二ヵ月かかって、五月二十三日に、最後の原稿百枚を、東京の出版社に送りました」

「その二ヵ月間ですが、広沢先生は、どんな毎日を、送っていらっしゃったんですか？ ここは、ホテルですから、朝食は出ても、昼と夜の食事は出ないわけですね。そうすると、ホテルの外に、食べに出ていたんですか？」

亀井がきいた。

「朝はいつも、一階にあるレストランでバイキングです。先生、バイキングが、お好きなんですよ」

と、木村由紀は、笑ってから、

「お昼と夕食は出ませんから、本来は外に行って、食事をするんですけど、先生は仕事をするために、ここに来ていましたからね。それに、広沢先生という方は、熱中すると、食事のことなんか、忘れてしまうんです。ですから、朝食は、バイキングでとりますけど、昼間の食事は、ほとんどとりませんでしたね。どうしてもお腹が空いた時は、ルームサービスで持ってきてもらっていました。夕食も、ほとんどこのホテルの中にあるレストランでとっていましたよ。とにかく、今までにない、新しい趣向の長編を書き上げるんだ。そういわれてここに来られたので、文字通り、寝食を忘れて書かれていたんです」

「二ヵ月間で、何枚の小説を、書かれたんですか？」

十津川が、興味を持ってきいた。

「確か、七百六十二枚でした」

「それを、二ヵ月間で書いた？」

「ええ、その通りです。五十枚ずつ、東京の出版社に、送っていました」

「確か、最初は、雑誌に連載するための原稿だったんじゃありませんか？　一回目は、雑誌で読んだことがあるんですよ」

十津川がいうと、由紀はうなずいて、

「そうなんですよ。最初は、連載のつもりで書き出したんです。でも、今もいったように、先生自身が、この作品に、熱中してしまいましてね。どうしても、書き下ろしで出したい。そういって、電話で、出版社の人と話し合っていました。出版社のほうも納得して、その後は、雑誌には載らず、原稿は、書き上げるたびに、ファックスで送っていました。そして、全部の原稿七百六十二枚が、五月二十三日に完成したんです」

「五月二十三日に、完成ですか？」

「ええ」

「この日ですが、東京のホテルで、白川純也さんが、殺された日じゃありませんか？」

十津川がきいた。

「ええ、確かに、白川先生が亡くなった日です。これも何かの因縁じゃないか。そんなふうに、後になって、広沢先生もおっしゃっておられましたよ。とにかく、五月二十三日から二十四日にかけては忙しい日でした。翌日、東京から、白川純也さんが死んだという知らせが入り、先生と私は、急いで、東京に行ったんです。同じ作家仲間ですし、いいライバルでしたからね。告別式にももちろん出て、広沢先生は弔辞を読みましたよ」

「あなたは、白川純也さんにも、会ったことがあるわけでしょう？」

十津川がきくと、由紀は、小さくうなずいて、

「ええ、何回も、お会いしていますよ。たとえば、パーティなどがあると、私は、広沢先生のお供をしていくんですけど、そこで白川先生とお会いして、話をすることもありましたし、ああ、それから、白川先生には、お宅のほうに、お歳暮とお中元を届けています。もちろん、白川先生のほうからも、いただいていますけど」

「あなたから見て、白川純也という作家は、どんな作家ですか？」

「ずいぶん、漠然とした、質問なんですね」

由紀が、小さく笑う。

「答えにくいかも知れませんが、思っていることを、ざっくばらんに話していただきたいんですよ」

「お断りしておきますけど、私がいうことと、広沢先生の意見とは、違いますよ。たとえば、私が、白川先生の小説はつまらないといっても、それは、私個人の勝手な意見であって、広沢弘太郎先生の意見じゃありませんから」

「それでも、いいんですよ。とにかく、白川純也さんについて、思っていることを正直に話してください」

と、十津川はいった。

それでも、由紀は、しばらく躊躇していたが、重ねて十津川が頼むと、やっと口を開いて、

「白川先生は、とても、負けず嫌いなお人ですよ。きっと、広沢先生に負けまいとして、努力してきたんじゃないでしょうか。それで、何とかして、第一人者の広沢先生を、追い越そうとした。私には、そんなふうに、見えていましたけど」

「そのことなんですが、ある人にいわせると、もう広沢さんは、時代遅れになっている。今や、時代物の世界は、白川純也の世界だ。そんなふうに、いう人もいるんですが、その意見については、あなたは、どう思われますか？」

亀井が、不遠慮にきくと、由紀は笑って、

「たぶん、そういっていらっしゃるのは、楠木文恵という、女流作家じゃありませ

ん？　あの人は、白川先生に、惚れてしまっているんですよ。だから、冷静に、物事を判断できない。そういう人だと思いますね。女流作家というのは、時には女性の部分が、大きくなってしまって、尊敬する作家に、惚れてしまうんですよ。そうなると、物事の判断が、できなくなってしまう。私は、そう思いますけど」

と、いった。

「それじゃあ、広沢さんから、あの話を、きいたんですね？　白川純也さんを偲ぶ座談会があった時に、今あなたのいった、楠木文恵という女流作家が、広沢さんに向かって、あなたが、白川純也を殺したんだと非難した。それで、広沢さんが、困ってしまって、そんなにいうなら、警察に自分のことを調べてもらう。そうすれば、はっきりする。そのことを、あなたに、いったんじゃありませんか？」

十津川が、きくと、由紀はニッコリして、

「ええ、確かに、先生から、その件をききましたよ。ですから、お二人が見えた時、ああ、あの件かと、そう思いましたけど」

「単刀直入に、伺いますが、広沢弘太郎さんに、人が殺せるでしょうか？」

十津川が、きくと、由紀は真顔で、

「確かに、広沢先生は、時代物の作家だから、戦国時代が舞台で、人を殺す場面もたくさん書いています。でも、広沢先生に、人が殺せるとは、私には、とても思えません。もちろん、先生は、怒ると怖いですけど、だからといって、その勢いで人を殺すようなことは考えられません」

「しかし、自分は、手を下さなくても、人を雇って、殺させるということは、可能なわけですよね？　特に今は、金さえもらえば、頼まれて、人を殺す人間がいくらでもいるような時代ですから」

「でも、それは、広沢先生には、あり得ませんよ」

「どうして、そう、断言できるのですか？」

「だって、先生は時代物の第一人者なんですよ。自分より優れた作家は、いないんですから、誰も殺す必要はないんです」

「しかし、白川純也のほうが、現在、広沢さんよりも、売れている。そういう現実があれば、殺すかも知れない。そうは思われませんか？」

「そんなこと、とても考えられませんわ。だって、今までに、日本の文壇で、そんな理由で、作家が作家を殺したことなんて、一回もないんですもの」

と、由紀がいった。

翌日、二人は、広沢弘太郎本人に会った。

広沢は、ニコニコしながら、二人を迎え、

「とうとう、私の願いがきき入れられて、調べてもらっているんですね」

満足そうに、いった。

「ええ、調べています。しかし、あくまでも警察として、調べていますから、調べる以上は、きっちりと調べますよ。それは、覚悟しておいていただきたい」

十津川がいうと、広沢は、

「もちろん、そうしていただかないと、私も困ります」

と、いった。

6

十津川が、自分の部屋に入ると、それを待っていたかのように、彼の携帯が鳴った。かけてきたのは、西本刑事である。

「今、こちらに、井上という出版社の方が、見えています。是非、警部にお会いしたい。そういっていますが」

「どこの出版社だ？」

と、十津川がきいた。

「今、広沢弘太郎が、書いている原稿、それを、出版することになっている出版社ですよ。小田沼編集長の下で働いている編集者だそうです」

「どんな話を、持ってきたんだ？」

「それがですね、どうしても、警部本人に話したい。そういっているんです。それでですが、明日にでも、井上さんは、そちらに行って、警部に会いたい。そういっているんですが、行っても、よろしいでしょうか？」

「それは構わない。私もどういうことか、直接、その人に、会ってききたいからね」

と、十津川はいった。

翌日、井上という編集者が、長浜のロイヤルホテルに、十津川を訪ねてきた。

若い編集者である。ロビーで会うと、井上は、こんなことを、いうのだ。

「実は、編集長の小田沼には黙ってきていますから、私がここに来たことは、内緒にしておいてください」

「何か、私に、話したいことがあるそうですが」

「その前におききしたい。刑事さんは、この長浜へ、広沢弘太郎先生のことを、調べにいらっしゃったわけでしょう？」

「そうです。広沢先生のほうから、自分にかけられた、疑いを晴らすために、自分のことを調べてくれ。そういわれましたので、ここに来たんです」

「それで、どうなんですか？」

「東京で、白川さんが殺されたのは、五月二十三日。しかし、この五月二十三日の広沢さんのアリバイは完璧（かんぺき）です」

「そうすると、広沢先生が、犯人だとすれば、自分で、東京に行って殺したのではなくて、東京の誰かを雇って、五月二十三日に、白川純也先生を、殺させたことになりますね」

井上が、考えながらいう。

「そんなことは、まず、考えられませんが、あなたは、そこまで、考えたんですか？」

十津川が、逆にきいた。

「今もいったように、もし、広沢弘太郎先生が、犯人だったらということです」

「しかし、それはまず、あり得ませんね」

十津川が、あっさりと否定した。

「どうして、あり得ないんですか？」

「実は、ここのホテルには、広沢先生と秘書の木村由紀さんが、泊まっています。それで、一昨日から昨日にかけて、お二人にいろいろと話をきいたり、フロント係に話をきいたりしているんです。もし、あなたのいうように、広沢先生が犯人ならば、彼は、このホテルに、泊まっていて、東京にいる、共犯者といっていいのかな、その人たちに指示して、殺させたことになりますよね？」

「ええ、確かにそうです」

「ということは、手紙、電話、あるいは、ファックスで、指示をしたということに、なってきませんか？」

「そうですね。ほかに、命令の出しようはありませんから、電話、手紙、ファックス、そのいずれかでしょうね。そのうちのどれかを使って、白川先生を殺すように、指示をしたとしか、私には、思えません」

「ところがですね、いろいろと、調べてみると、まず、広沢先生も、秘書の木村由紀さんも、携帯電話を持っていますが、その携帯で、東京に電話をしたことは、出版の話以外には、ないことがわかったんですよ。それに、このホテルの電話も、まったく使っていません。それは、ファックスについても、同じです。原稿を送るのには使っていますが、それ以外のことで、このホテルのファックスは、一度も使っていません」

　十津川は、細かく説明した。

「しかし、今は、コンビニのファックスでも送れるんじゃありませんか？　ほかに、公衆電話から、電話をかけることも可能でしょう」

　井上がいう。

「もちろん、その可能性は、ありますよ。念のために、私たちは、このホテルの周辺のコンビニにもあたってみました。しかし、広沢先生が、原稿以外の、何らかの書類を東京に送った事実は、ないんです」

「それなら、手紙という手が、あるじゃないですか？」

　井上が、しつこくきく。

「もちろん、それはありますが、その可能性も低いですね。手紙だとすれば、部屋に備えつけてある、封筒と便箋を使ったというのが、いちばん、考えられるのですが、広沢先生も秘書の木村由紀さんも、このホテルに備えつけの封筒や便箋は、一枚も使っていない。それから、この周辺のコンビニなどを、あたってみましたが、そこで広沢先生と木村由紀さんが、封筒と便箋を買ったという事実も、見つかりません。このロイヤルホテルに、泊まっていた二ヵ月の間、広沢先生が、手紙、電話、ファックスの手段を使って、東京にいる誰かに、何らかの指示を、送ったという事実は、見つからなかったんです」

「それは、間違いありませんか？」

井上が、念を押してくる。

「ええ、間違いありませんよ。これでも、私は、わりとこまめに、調べるほうでしてね。あなたと同じことを考えたので、調べてみたんですが、答えはノーでした」

十津川がいうと、井上は、少し黙って考えていたが、

「じゃあ、やっぱり、あれかな」

と、いった。

「あれって、何のことですか？　手紙、ファックス、電話以外に、何か命令をする、手段があるんですか？」

「原稿ですよ」

井上が、いう。

「原稿って、広沢先生が、このホテルに、二ヵ月間泊まって書き上げたという、原稿ですか？」

「そうです。あの原稿です」

「あなたのおっしゃっていることがよくわかりませんが、原稿で、いったい、何をしたというんですか？」

「広沢先生は、五十枚ずつ原稿を書いて、それをファックスで、東京に送っていたんです。なかなか面白い小説なんですが、その小説自体が、広沢先生の命令になっていたんじゃないか。僕には、そんな気がして、仕方がないんです」

井上は、そんなことをいうのだ。

それでもなお、十津川は、井上のいうことが、飲み込めなくて、

「以前うかがいましたが、もう少し、わかりやすく、話してもらえませんか？」

「問題は、今度、広沢先生が書いた小説なんですよ。それは、シミュレーションみたいな作品でしてね。柴田勝家が、本当は、この、湖北の古戦場で、豊臣秀吉に負けて自害するんですが、今度の、広沢先生の小説は、柴田勝家が、豊臣秀吉に勝ってしまう。そういう話なんですよ。勝家が秀吉を破り、そして、最後に、いちばん怖かった、徳川家康を倒してしまって、天下を統一してしまう。そういう小説なんです」

「なかなか面白そうな、小説じゃありませんか？」

「だから、僕は、気になっているんです。今もいったように、最後に、いちばん怖い存在だった徳川家康が、死んでしまうんですよ。攻め滅ぼされてしまうんです」

「ひょっとして、あなたは、その徳川家康が、東京で死んだ、白川純也じゃないかと、そういっているんですか？」

「ええ、そう思ったので、こうして伺ったんです」

と、井上はいった。

第七章　敗れし者

1

広沢弘太郎は、白川純也の葬儀が終わると、秘書の木村由紀を連れて、また湖北に戻ってしまった。

何でも、今回の書き下ろしの時代小説の続篇を書くので、ゆっくりと、琵琶湖の周辺を取材してみたい。そういって、戻ってしまったのである。

十津川と亀井は、それを追って、湖北に向かった。

広沢は、長浜のホテルにいた。

ロイヤルホテルで会うと、広沢は、ゆったりとした表情で、

「書き下ろしを、済ませてしまったので、まあ、一ヵ月ばかりは、ゆっくりと湖岸を散歩して回りたいと、思っていますよ。今日も、豊臣秀吉の木像がある寺に行って、見てきました。なかなか、いい顔をしていましたね、あの豊臣秀吉の木像は」

そんな呑気なことを、いう。

「優雅――なもんですね」

十津川は、皮肉をこめて、いったつもりだったが、広沢は、

「そうだ、今度、刑事さんを食事に誘いたいな。いい店が、見つかったんですよ。歌舞伎の役者の名前が、ついている店でしてね。本物の京懐石が、おいしいんですよ。明日にでも、お連れしましょう」

と、相変わらず、御機嫌でいった。

「実は、先生に、見ていただきたいものがありましてね。それをお持ちしたので、是非、ご覧になっていただきたい」

十津川は、そういって、一枚の紙を広沢に見せた。

それには、両側に七人の名前が書いてあって、それを、線で結びつけたものだった。

「何ですか、これは？」

広沢が、眉をひそめて、十津川を見た。

「今度、先生が書いた書き下ろしの小説ですが、その中から、登場人物と、現実の人の名前を、結んだものですよ。例えば、広沢先生は柴田勝家。今回の小説で、先生は柴田勝家を主人公にして、小説を書かれたでしょう？　本当ならば、湖北の戦場で、

広沢弘太郎	――	柴田勝家
木村　由紀	――	丹羽長秀
白川　純也	――	徳川家康
野中　秀雄	――	酒井忠次
富永美奈子	――	お市の方
山内　　慶	――	浅井長政
北村誠一郎	――	豊臣秀吉

秀吉に負けたはずの柴田勝家が、秀吉だけではなくて、徳川家康までも滅ぼして、天下を取ってしまう。それが面白くて、ひょっとすると、先生は、ご自分を柴田勝家だと、思っていらっしゃるんじゃないのか？　そうだとすると、当然、秘書の木村由紀さんは、聡明だから、柴田勝家に仕えて、はかりごとをめぐらせる丹羽長秀ではないか、そんな風に考えて、結んでいったんですよ。そうすると、自然に、現実のこの七人が、昔の武将や女性の名前と結びついてくる。そう思って、これを書いてみたんですよ。どう思います？　当たっていると思いませんか？」

十津川がきくと、広沢は笑って、

「私の書いた、今回の書き下ろし小説を、

読んでいただいたのは嬉しいが、しかし、現実の人間とは、結びつきませんよ。現実の人間をモデルにしたわけじゃありませんから」

「いや、私は、そうは思わないんですよ。こうして、木村由紀さんを、丹羽長秀と結びつけた。当然、秘書の木村由紀さんは、頭脳明晰だからあなたにとって、知恵袋みたいなものでしょう？　そう考えていくと、先日亡くなった、白川純也さんは、徳川家康ということになってくる。柴田勝家のあなたにとって、最大の強敵が、白川純也さんではなかったんですか？　彼は、あなたよりずっと若いし、新しい時代物を書こうという意欲があった。あなたは、こういっては申し訳ありませんが、これから滅びゆく人間。逆に、白川さんのほうは、これから天下を取る、徳川家康に似ている。私は、そう思うんですが、ご自分では、そうは思われませんか？」

十津川は、意地悪くいって、広沢の顔を見た。

「そんなことを、考えたことは、まったくありませんね。どうも、刑事さんは、バカらしいことを考えますね」

「とにかく、私の考えを、きいてもらえませんかね。今いったように、先日亡くなった作家の白川さんは、徳川家康だと、私は思っているんですよ。それから、白川純也さんのマネージャーをしている、野中秀雄という人がいますね。元々は作家でしたが、自分の才能がないことに気づいて、白川さんのマネージャーになった人ですよ。その野中秀雄さんは、私から見ると、どうしたって徳川家康を裏切った、酒井忠次に見えるんですよ。先生の小説では、柴田勝家が、丹羽長秀の智慧を借りて、徳川家康の重臣である酒井忠次を買収して、家康を滅ぼしてしまう。そうなっていますよね。それで、私は、こんなふうに考えたんですよ。作家の白川さんのマネージャーが、野中秀雄さんだから、その野中さんを買収して裏切らせれば、白川さんを、殺してしまうこともできる。そう考えていくと、小説と現実が、重なってくるじゃありませんか？　そうは思いませんか？」

「いや、まったく思いませんね。私の小説は、あくまでも小説だから」

「そうですか。それでは、この続きをいいましょう。先生の奥さんは、富永美奈子さん、画家でしたね？　そして、お市の方といわれている」

「ええ、確かに、富永美奈子は、私の妻ですが、お市の方ではありませんよ。そういわれているかも知れませんが、実際は違うんです」

「しかしですね、先生は柴田勝家で、何としてでも、奥さんのお市の方を、自分のそばに引きつけておきたかった。山内慶という奥さんの恋人がいて、それが邪魔になった。ところが、うまいことに、山内慶さんは、何者かに殺されてしまった。お市の方も浅井長政のところに、嫁に行ったわけでしょう。それが、浅井長政が殺されてしまったことで、お市の方は、柴田勝家のものになった。つまり、先生の奥さんとして、これからもいることになる。そういう状況にしたんじゃありませんか？　最後は、北村誠一郎さん。この人のことは、最初、考えの外にあったんですよ。しかし、先生が柴田勝家を、主人公にして小説を書くとなると、どうしても、豊臣秀吉の存在が気になってきます。それで、豊臣秀吉は、いったい誰だろうか？　そう考えている中に、先生と同じように、古くから時代物小説を、書いている北村誠一郎さんのことを、思い出したんですよ」

「どうして、北村さんが、豊臣秀吉なんですか？」

広沢が、とがめるように、十津川を見た。

「前に、先生がお書きになったものを読んだことがあるんですよ。その中で、先生は、自分が小説を書くようになったのは、太田垣雄三という、もう亡くなってしまった時代物の大作家がいて、その先生から、いろいろと教えを受けて、作家になった。確か、そう書いていらっしゃいましたよね？　それで、北村誠一郎さんを、思い出したんです。北村誠一郎さんも、先生と同じように、太田垣さんの、お弟子さんじゃなかったんですか？　先生の書かれたものの中には、北村誠一郎さんの名前も載っていましたよ。若い時は、太田垣門下の竜虎といわれた。そんな書き方をしていらっしゃいましたよね。そう考えてくると、先生にとって、北村誠一郎は、豊臣秀吉にあたるんじゃないか？　そう思ったんですよ。あなたのほうが、先に、太田垣さんとつき合いがあった。北村誠一郎さんは、あなたより遅く、太田垣さんの門下に入った。つまり、あなたは織田信長の年来の家臣で、豊臣秀吉のほうは、あなたよりずっと遅れて、信長の家来になった人ですからね。先生は、北村誠一郎さんと、ライバルになったこともありましたが、今は、完全に勝ってしまっている。つまり、今回の先生の小説と同じく、柴田勝家のあなたが、豊臣秀吉の北村誠一郎に勝っているんですよ」

「どうも困りましたね。確かに、十津川さんのいわれるように、私も北村誠一郎も、太田垣先生の弟子ですよ。私のほうが、兄弟子に当たるのかな？　実際に、北村とは一時はライバル関係になったことも、ありましたけどね。しかし、すでに北村は、引退していますから、今では、ライバルではなくなってしまっている。それにですよ。十津川さんが、いったい何をいおうとしているのか、私にはよくわからないんですがね」

広沢は、笑いながらいった。

「実は、少しばかり面白いことを、考えているんですよ。あなたは、この長浜や、湖北を優雅に散策して回りながら、原稿を書いて送っていた。小田沼という編集長のところにです。そして、小田沼さんは、あなたの原稿を読みながら、それが、一つのメッセージであることに気づいていた。小田沼さんは、あなたの、命令というか、指示を実行した。それがつまり、白川純也さん殺しに繋がっているのではないか。私は、そんなふうに考えているんですがね。これは、間違っていますか？」

「もちろん、間違っていますね。何だか、十津川さんは、今回の私の書き下ろしを、殺人の指令書のように見ていらっしゃるんじゃありませんか？」

広沢が、苦笑しながらいった。

「正直にいうと、その通りなんです。小田沼編集長は、あなたの指示を東京で受け、その指示に従って、まず浅井長政役の山内慶を殺した。つまり、お市の方の恋人を、殺してしまったんですよ。そして、あなたとお市の方との間の夫婦関係は、磐石になった。次に、ライバルの白川さんを殺すに当たって、小説の中では、酒井忠次を買収して、徳川家康に反抗させた。あなたは、白川純也さんのマネージャーを買収した。いや、買収させた。そして、マネージャーの野中秀雄に、白川純也さんを、殺させたんじゃありませんか？　井上さんという編集者がいますね？　この人に、いろいろと話をきいたんですよ。そうしたら、あなたは、小説の中で、徳川家康の重臣の酒井忠次を裏切らせるに当たって、恩賞はいくらでも、取らせたほうがいい。小説の中でその点を、やたらに強調していたと、井上さんはいっているんです。つまり、編集長の小田沼さんに、作家の白川純也さんを殺せば、報酬は思いのまま取らせるということを、小説の中で強調した。その意向に従って、小田沼さんは、白川さんのマネージャーの野中さんを買収した。酒井忠次を買収したようにですよ」

「十津川さんは、途方もないことをおっしゃる。空想を働かせるのはご自由ですがね、しかし、刑事というのは、証拠なしには動けないのじゃありませんか？」

広沢は、精一杯、皮肉な目で十津川を見つめた。

「もちろん、そうです。何よりも、証拠が必要です。しかし、刑事の仕事というものはですね、時には、想像力も必要になるんですよ」

「どうも、空想好きな刑事さんというのも、困りものですね。勝手に想像をふくらませて、犯人でもない人間を、捕まえてしまうんですか？」

「空想だけでもないんですよ。今もいったように、あなたは、ご自分の小説の中で、宿敵徳川家康を滅ぼすために家康の家臣の酒井忠次に莫大(ばくだい)な報奨を約束して、裏切らせた。それと同じように、白川純也さんのマネージャーの野中さんにも莫大な報奨を約束したんじゃありませんか？　われわれは、そう思ったものですから、あなたの銀行口座を、調べさせてもらいましたよ。これには、一応、税務署にも協力をお願いしたんですがね」

「それで、どうだったんですか？　私の預金が多額に、引き出されていたのがわかったのですか？　おそらく、私の預金は、ほとんど動いていないはずですがね。確かに、百万円単位で引き出していますが、それは、この長浜や湖北で、優雅に過ごしたいからでね。それで、百万単位で下ろしているんです」

「ええ、確かに、あなたの預金口座を調べたら、それ以外にほとんど動いていませんね。それを見て、ちょっと、ガッカリしましたよ」

十津川は、正直にいった。

広沢は、ニッと笑って、

「だから、いっているんですよ。あなたの考えは、すべて空想でしかない。証拠がまったくない」

「ところがですね、あなたは、預金のほかに、いろいろなものをお持ちになっている。たとえば、軽井沢(かるいざわ)の別荘とか、月島(つきしま)にある超高層マンションの、高い部屋を買っていらっしゃる」

「そりゃあ、別荘ぐらい買いますよ。暑い夏が苦手なんでね。涼しい軽井沢で仕事をしたい時には、そこに行くわけですからね。それから、月島の超高層マンションですが、私がもっと歳を取ってから、家内の美奈子と二人で過ごすにはマンションのほうがいい。そう思って買ったんですよ」

「その月島のマンションですが、確か、一億八千万円も、するんじゃありませんか？ところが、調べたところ、いつの間にか、名義が、あなたから、白川純也さんのマネージャーをやっている野中秀雄さんになっていますね。つまり、徳川家康を滅ぼすために、家臣の酒井忠次を報奨で釣った。それと同じように、憎い白川さんを滅ぼすために、あなたは、彼のマネージャーの野中さんに、一億八千万円の月島の超高層マンションを、報奨として、あげたんじゃないんですか？　しかも、白川さんが殺される直前にです」

「月島の超高層マンション、あれは、たまたまですよ」

広沢は、事もなげに、いう。

「たまたまというのは、どういうことですか？」

「確かに、私は、去年、あの超高層マンションを、一億八千万円で買いましたよ。しかし、買ってはみたものの、あそこに行って仕事することが、殆どなかった。むしろ、こういう長浜のように、旅に出てそこの旅館や、あるいは、ホテルで仕事をするほうが楽ですからね。それで将来も住む気のなくなったあの超高層マンションを、売りに出すことにしたんですよ。それをたまたま、野中さんが買ったということで、私は、あのマンションを買ったのが、白川さんのマネージャーだったなんて、まったく、知らなかったんですよ。野中なんて名前は、ありふれてますからね」

「どうも、おかしいですね」

「どこが、おかしいんですか？　私がマンションを売りに出して、それを誰かが買った。そのどこが、おかしいんですか？」

「野中さんはですね、そんなお金は、持っていないんですよ。あの人は、白川さんのマネージャーを、やっていましたけど、ギャンブルが好きでしてね。借金を作って、白川さんから、五百万円を借りていたんですよ。そんな野中さんが、どうして一億八千万円もするマンションを、買うことができるんですか？　だから、あのマンションが、野中さんの名義になっているということは、先生が、譲渡したとしか考えられないんですね。つまり、あのマンションは、酒井忠次への報奨と同じですよ。白川さんは、疲れた時に栄養剤の注射をしていましたが、その薬を、マネージャーの野中さんが持ち歩いていて、必要になった時に、注射していた。その野中さんを、一億八千万円であなたは、買収したんですよ。それでもう、白川さんの生死は、マネージャーの野中さんに握られている。それはつまり、広沢先生の手中に握られているということと、同じことじゃありませんか？　そして、現実に白川さんは死んでしまったんです」

「どうにも、弱りましたね。今もいったように、私は、あの超高層マンションを、買うことは買いましたが、あまり使うことがないので、売りに出したんですよ。一億八千万円でね。それを野中さんが買った。野中さんがバクチ好きで、白川さんに五百万円の借金があったなんてことは、私は知りませんし、関係ありませんよ。あの野中さんが、私の月島のマンションを買ったことは、事実なんです。だから、どこかから一億八千万円のお金を、融通してもらったんじゃありませんか？　借金がある人間だって、どこかから、大金を融通してもらうことがありますからね」

広沢は、そんないい方をした。

「なるほど。いろいろと弁明の仕方があるものだと、感心しました。では、これから東京に戻って、小田沼さんに会ってみますよ。あなたが、例の原稿を渡していた小田沼編集長。私は、彼が、先生の指示を原稿で受けて、それを実行した。そう思っているんです。あの小田沼さんが、大変なことをしでかしてしまった。そういって私に、すべてを話してくれるかも知れませんからね。先生は、しばらくこの琵琶湖の周辺で、優雅に過ごしていてください。私は、これだけ申し上げたから、後は東京で小田沼さんに会うことにします」

十津川は、そういって、腰をあげた。

2

十津川と亀井は、広沢と別れると、米原から新幹線で、東京に戻ることにした。その車内で、

「あの相関図を見せた時の、広沢弘太郎の顔といったら、なかったですね。最初は、何かわからなかったみたいですが、途中から顔色が、変わっていましたよ」

と、亀井がいった。

「私にも、あの先生の、狼狽(ろうばい)ぶりがわかったよ。しかし、さすがに大先生だと思ったね。途中から立ち直って、すべて私の空想の産物と、決めつけていたからね」

十津川が、笑っていった。

「しかし、白川純也のマネージャーの野中秀雄ですが、広沢弘太郎が、野中秀雄に一億八千万円の、月島の超高層マンションの権利を渡したというのは、間違いないわけ

ですね」

「もちろん、ちゃんと調べて、間違いないことは、わかっている」

「しかし、大変な成功報酬の額ですね。きっと、野中秀雄には、一億八千万円の成功報酬を、最初から約束していたんじゃありませんか？　何しろ、自分を追い抜く、最大のライバルを殺させるんですから」

「そうだよ。広沢弘太郎が書いた今回の小説の中で、酒井忠次に裏切らせるためには、莫大な恩賞と同時に、お市の方の美人の娘を、酒井忠次に嫁がせることまで、約束しているんだからね。それに比べれば、一億八千万円ぐらい安いものだと思っていたんじゃないのかな？」

「ただ、問題は広沢弘太郎が、ライバルの白川純也を殺したという証拠ですね」

亀井が、慎重ないい方をした。

「カメさんのいう通りだ。状況証拠にはなるが、決定的な証拠にはならないからね」

「東京に戻って、どうしますか？」

「広沢弘太郎に、いったように、小田沼編集長に会うつもりだ。彼が、今回の殺人事件の確証を握っている。私は、そう思っているからね」

「しかし、小田沼編集長も、こういうんじゃありませんか？　あくまでも、広沢さんから原稿を受け取って、それをゲラ刷りにして、今回の単行本を作った。いったい、そのどこが悪いのか？　そういって、開き直るんじゃありませんか？」

「たぶん、そうだろうね。私たちは、カメさんと二人で長浜に行って、広沢弘太郎に圧力をかけた。当然、広沢は、小田沼に電話をかけて、警察の動きに注意するように指示する筈だ」

「そうですね。広沢にしてみれば、小田沼がべらべら喋ってしまったら、それでアウトですからね。きっと、小田沼には、何もしゃべるな。すべてこれは小説なんだ。そういわせるつもりだと思いますよ」

「それは、わかっている。だから、小田沼が広沢の原稿を読みながら、どう考えて、白川純也を殺すところまで、持っていったのか？　それが明らかになれば、今回の殺人事件も解決するんだ」

十津川は、自分にいい聞かせるように、いった。

東京に着くと、その足で、十津川たちは、出版社に小田沼を訪ねていった。

十津川は、小田沼の顔を一目見て、

（ああ、やっぱり、広沢弘太郎から連絡が来ている）

と、思った。

小田沼には、動揺の色がなくて、それよりも、何かきかれたら、十津川をいい負かしてやろうというような、興奮した表情が見て取れたからである。

十津川は、広沢弘太郎に見せたのと同じ相関図を、小田沼に渡した。相手の反応を、見てみたかったからである。

「こんなものを作ってみたんですよ。現実と、広沢先生が今回書いた小説とが、ひじょうによく似ているんでね。誰が誰に当てはまるか、それを考えながら、この相関図を作ってみたのですが、小田沼さんは、どう思われますか？」

十津川が、きいた。

小田沼は、一応、目を通してから、

「確かに、面白いことは面白いですけどね。しかし、現実と空想の世界とは、違いますから」

と、いった。

それは、あの広沢の口ぶりに、よく似ていた。どうやら、やはり広沢から電話連絡があったらしい。

「実は、長浜からの帰りなんですよ。これと同じものを向こうで、広沢先生にもお見せしたんですよ。そうしたら、面白いですね。今、小田沼さんが、いわれたのとまったく同じことを、あの先生もおっしゃいましたよ。現実と小説の世界は違うんだと」

「そうでしょうね。現実と小説の世界は違いますから。誰でも、同じようにいうんじゃありませんか？」

「しかし、現実と空想とが、一致するところもあるんですよ。これは、広沢先生にもいったんですが、柴田勝家は、宿敵の徳川家康を叩き潰すために、家康の家臣の酒井忠次に莫大な恩賞を与えて、裏切らせたんですよ。それと同じように、白川さんを裏切らせるために、野中秀雄というマネージャーに、同じように莫大な恩賞を与えたら、果たして、裏切るかどうか？　面白いと思いませんか？　それに、現実にですね、広沢先生は、月島に一億八千万円の超高層マンションの部屋を買ったのに、それがいつのまにか、野中秀雄さんのものになっているんですよ。広沢先生は、単なる偶然だといっているんですが、こんな偶然というのは、考えられないんじゃありませんか？　誰が考えたって、これが偶然でしょうかね？　何かの恩賞として、一億八千万円のマンションが与えられたのではないだろうか？　そう考えるほうが、自然なんじゃありませんか？」

十津川が、いうと、小田沼は手を振って、

「その件は、私にはわかりませんね。私は、広沢先生と白川先生の二人とも、知っていますが、白川先生のマネージャーの野中さんとは、ほとんど面識がないんですよ」

「本当に、面識がありませんか？」

「ええ、まったくありません」

「しかし、おたくの社では、白川さんにも原稿を頼んでいたんでしょう？　原稿をもらっているのなら、マネージャーの野中さんにも、会っていなければおかしい。私は、そう思いますがね」

「しかし、白川先生を訪ねた時に、マネージャーの人に会っているかも知れませんが、その人が、野中という名前だということは、知りませんでしたね」

小田沼は、しらっと、いった。

「メッセンジャーは、どのくらいの報酬をもらうんですかね？」

話題を変えて、いきなり、十津川がきいた。

小田沼は、面食らった表情になって、

「メッセンジャーが、どうかしたんですか？」

「私はね、広沢先生が、長浜で優雅にホテル暮らしをしながら、あなたを使って、原稿の形をとった指令書を、送っていたのではないか？　そう思っているんですよ。つまり、原稿の中で、広沢先生は、自分を柴田勝家だといい、そして、その柴田勝家が秀吉を滅ぼし、最後には、最大の難敵である徳川家康を滅ぼしてしまう。そういうストーリーを書いた。その中には、裏切りだとか、恩賞だとか、生臭いものが、出てくるんですよね？　それを、あなたはずっと読んでいた。そして、広沢先生の指示通りに、最後には、ライバルの白川さんを殺してしまった。いや、殺させてしまった。そんなふうにも、考えられるんですが、これは少し考えすぎでしょうかね？」

十津川は、喋りながら、じっと小田沼を見た。小田沼は、苦笑して、

「困りましたね。私は、あくまでも出版社の人間で、広沢先生の原稿が面白かったから、それを井上君と一緒に読んで、ゲラにして、今度、それを本にしたんですよ。それだけの話です。刑事さんは、何だか、私が殺人の共犯者みたいにいわれますが、そんなふうに考えられるのは、本当に迷惑ですよ」

「野中秀雄さんという白川さんのマネージャーは、一億八千万円の超高層マンションを譲られて、それが恩賞になってというか、成功報酬ということで、白川さんを殺してしまった。となると、あなたは、どのくらいの、恩賞をもらったのか？　広沢先生は、あなたに、どのくらいの、成功報酬を約束したのか？　私はそれも是非、知りたいんですがね」

「ですから、そういういい加減な空想は、困るんですよ。私は、あくまでも出版社の

人間ですからね。いい原稿がいただければ、それを喜んで本にする。いや、本にさせていただく。そういうことしか、考えませんよ。特別に報奨をもらおうなんてことは、思ったこともないんですよ」

小田沼の口調が、少しずつ、激しくなってくる。

相手のそんな言葉には構わず、十津川は、

「あなたの役目は、大変な役目だと思う。あなたは、自分のところに、送られてくる原稿が、ただの原稿でないことを知っていた。それは、殺人教唆の原稿なんですよ。あなたは、忠実にその意志を伝えて、野中秀雄に、白川さんを殺させた。そのほか、お市の方の恋人の山内慶も殺してしまった。その指示も、広沢先生が、メッセンジャーであるあなたを通じて、犯人に伝えたのではないのか？　となると、これはまた、大変な成功報酬の額になるんじゃありませんか？」

十津川が、いうと、小田沼は険しい表情になって、

「そのうちに、僕は、本気で怒りますよ。最初は、冗談だと思って、笑ってきいていたんですがね。刑事さんがそんなふうに、僕のことを殺人犯だみたいに決めつけるのなら、僕のほうも、名誉毀損で、あなたを訴えますよ」

小田沼は、開き直った口調でいった。

相手の、そんな挑発には構わず、十津川は、更に相手を怒らせるように、言葉を続けた。

「今もいったように、野中秀雄さんには、一億八千万円を与えて、裏切らせた。となると、あなたにもたぶん、同じくらいの報奨というか、成功報酬が約束されていた。だから、あなたは、原稿を直しながら、その原稿通りに実行者を探して、実行させた。ところが、広沢先生の預金は、ほとんど動いていない。野中秀雄さんを買収するためには、一億八千万円の超高層マンションを利用しようとした。これで、野中さんの成功報酬については説明がつくのですが、後の説明がつかない。あなたに対して、広沢先生は、いったいどんな形で、成功報酬を約束したんですかね？」

「本当にもう、いい加減にしてくれませんかね？　いいですか、そんなものは何もないんですよ。刑事さんは、リアリストでなければ、いけないんじゃないですか？　空想好きの刑事なんて、刑事としては、いちばん、最低なんじゃありませんか？」

小田沼は、決めつけるように、いった。

「問題は、あなたの、成功報酬なんだが」

十津川は、わざと、くり返すようにいってから、

「そうだ、そうでした。一つだけ、忘れていたことがありましたよ」

と、わざとやっと気づいた振りをして、小田沼を見た。

小田沼は、面倒くさそうに、

「何を忘れていたんですか？」

「お市の方のことですよ。広沢先生の奥さんは、絵描きさんで、お市の方と呼ばれていた。大変な美人だ」

「それが、どうかしましたか？　ウチの出版社では、広沢先生の本は出しますが、奥さんの画集は、出していませんよ」

「そんなことを、いっているのではなくて、歴史上のお市の方には、美しい三人の娘がいた。長女はお茶々。そして、あと二人です」

「しかし、広沢先生と奥さんには、娘さんはいませんよ」

小田沼が、バカにしたように、十津川を見た。

「そんなことは、わかっていますよ。子供はいないけれども、しかし、奥さんには、妹さんがいるんですよ。確か、今年二十五歳になる妹さんですよ。大変な美人だそうですから、もちろん、小田沼さんもご存じじゃありませんか？」

十津川は、突然、小田沼に振っていった。

小田沼は、一瞬、狼狽（ろうばい）した顔になって、

「しかし、僕は、会ったこともないんですよ。広沢先生の奥さんに、妹さんがいるらしいことは、きいていますが、会ったことはありません」

と強調した。

「えーと、手帳に書き留めてきたつもりだったんですけどね」

と、十津川は、自分の手帳を取り出して、ページをめくっていたが、

「ああ、ここだ。ここに書いてありましたよ。お市の方こと、画家の富永美奈子、その妹で、みどり、二十五歳、身長百六十八センチ、体重五十キロ。S大を卒業していますね。大学時代、キャンパスクイーンになったことがある。現在、自宅で、花嫁修業中だが、近所でも評判の美人である。そう書いてありますね。あなたが、このみどりさんと、結婚すると、当然、広沢先生の身内の人間になる。そうなれば、広沢先生には他に身内がいないですから、彼の財産も、ゆくゆくはかなりのものがあなたのものになってくる。実は、広沢先生の財産がどのくらいあるのか、それも調べてあるんですよ。個人金融資産として八億円。それ以外に、軽井沢の別荘もあるし、もちろん、現在の自宅もある。大変なものじゃありませんか？　それが、あなたのものになるとしたら、野中秀雄の一億八千万円のマンションよりもずっといい。そうは思いませんか？」

「いい加減にしてくれませんかね。僕は、広沢先生の奥さんに、妹さんがいることは知っていましたけどね。だからといって、別に、関心はないんですよ」

「しかし、大変な美人ですよ。そのうえまだ独身だ。それに、広沢先生は、小田沼さん、あなたのことが気に入っている。とすれば、将来、みどりさんと結婚することは、十分に、考えられることじゃありませんか？　当然莫大な財産も、あなたがたお二人がかなり継ぐことになる可能性が大きい。これは大変な恩賞ですよ。すごい成功報酬ですよ」

「だから、僕が、人殺しをやったとでもいうんですか？　そんな証拠が、あるというのなら、見せてくれませんか？」

だんだん、小田沼の口調が、荒くなっていく。

十津川は、頭のどこかで、眼の前の小田沼の、感情の変化を楽しみながら、

「あなたが、誰かを殺したなんて、そんなことはいっていませんよ。あなたは、あくまでもメッセンジャーなんだ。高額の報酬と、美貌の女性との結婚という約束、その二つをもらっていたから、あなたは、広沢先生から送ってくる原稿を、メッセージに翻訳して、例えば、白川さんのマネージャーの野中秀雄に、白川さんを殺させた。また、お市の方こと、美奈子さんの恋人である、山内慶を誰かに殺させた。そうするこ

とによって、広沢先生は身内を固め、そして、ライバルを破滅させ、奥さんのお市の方を、恋人から取り戻した。小田沼さん、あなたは、その活躍によって、莫大な報酬を受け取ろうとしたんじゃありませんか？　そうなんじゃありませんか？」

十津川が、重ねてきいた。

「もう、帰ってもらえませんかね。そんな与太話は、きいていても、少しも面白くないんですよ。もし、あなたが、僕に何か因縁をつけたいのならば、もっとちゃんとした証拠を持ってきてくれませんか？　そうすれば、僕だって、真剣に答えますから」

小田沼は、吐き捨てるように、いった。

3

十津川と亀井は、小田沼に対して、いうことだけはいっておいて、捜査本部に戻ってくると、後は、しばらく沈黙を守ることにした。

広沢弘太郎にも、小田沼にも、いいたいことをいったが、しかし、確証のあることではない。状況証拠はあっても、逮捕できるまでのものではなかった。

だから、十津川は、しばらく、相手の動きを見守ることにしたのである。十津川は、広沢弘太郎と小田沼の動きだけを、じっと見つめていた。

最初に動いたのは、白川純也のマネージャーの野中秀雄だった。白川が突然死んでしまったために、野中は仕事がなくなった。だが、月島のマンションには、移ろうとはせず、ひとりで、旅行に出てしまった。多分、広沢の指示だろう。

行先は、九州の湯布院。十津川は、刑事二人に尾行させた。

白川純也を殺したのは、マネージャーの野中秀雄で、彼が、広沢弘太郎から一億八千万円の超高層マンションをもらう約束で、白川純也を殺したに違いない。十津川は、そう考えていた。

信頼されていたマネージャーである野中が、白川を殺すのは、容易いことだっただろう。

もう一つの問題は、最初に起きた、山内慶殺しだった。

「問題は、この山内慶を、いったい誰が、殺したのかということなんだ。白川殺しは、おそらく、野中秀雄で間違いないと思っている。この山内慶殺しのほうが、犯人が浮かんでこない」

十津川は、亀井にいった。

「確か、山内慶は、四谷三丁目のマンションの駐車場で、殺されていたんでしたね？

自分の車の中で殺されていて、腹と胸の二ヵ所を刺され、その噴き出した血を使って、オイチと、カタカナで、ダイイングメッセージを書いていた」

亀井が、思い出すようにして、いった。

「そのオイチだが、当然、オイチノカタと書くのを、途中で、息絶えてしまったと考えられる。もちろん、お市の方というのは、広沢弘太郎の、奥さんの画家、富永美奈子、通称お市の方のことだと、誰もが思っている。また、殺された山内慶は、その富永美奈子の、恋人として知られていたからね」

「しかし、お市の方自身が、山内慶を殺したとは、考えにくいですが」

亀井がいった。

「同感だ。胸と腹を刺されて殺されていた。そうした殺し方は、女性らしくないからね」

「女性でないとすると、考えられるのは、第一に、小田沼じゃありませんか?」

「確か事件のとき、小田沼編集長と、彼の部下で井上という若い編集者が、証言してくれたんじゃありませんでしたか?」

「確かに、この二人の証言があったんだ。もし、山内慶殺しが、小田沼編集長だったとすると、彼は、平気でウソをついていたことになる」

「では、その件で、もう一度、小田沼に会いますか？」

「いや、むしろ、井上の方に、一度会ってみよう」

と、十津川はいった。

十津川のほうから、井上に電話をかけて、捜査本部に、来てもらうことになった。

十津川は、井上に会うと、

「お市の方の恋人というか、広沢先生の奥さんの愛人というか、山内慶が殺された時、確か、あなたの証言があった。それを覚えていますか？」

「確かに、僕が、証言しています」

「その時のことを、もう一度、話してもらえないかな？」

「あの時は確か、僕が、最初の原稿を広沢先生から送ってもらって、読んでいた時なんですよ。その時、突然、小田沼編集長から電話がありましてね。今、テレビのニュースで、山内慶が殺されたといっている。彼は広沢先生の奥さんの恋人だから、君はすぐ四谷警察署に行って、調べてきてくれ。編集長は、そういったんです。それで、僕が四谷警察署に行って、いろいろと調べて、また、小田沼さんに報告したんです」

「小田沼編集長は、どうして、自分で、四谷警察署に行けなかったんでしたかね？」

「自分は今、三鷹にいて、ほかの先生の原稿を読んでいる。だから、君のほうが四谷三丁目に近いから、すぐに行ってくれ。確か、そういわれたんです」

「確かに、その通りで、あなたの証言で、あなた自身のアリバイも、小田沼編集長のアリバイも成立した。確認するが、小田沼さんは、三鷹にある自宅で、他の先生の原稿を読んでいるから、四谷警察署には行けない。そういったんでしたね？」

「ええ、そうです。僕のほうが近くにいましたから、すぐに、行きました」

「小田沼さんが、あなたに電話をしてきて、そういったんでしたね？」

「ええ、そうです。テレビで見て驚いたから、すぐに、四谷警察署に行ってくれといわれたんです」

「しかし、電話でいわれたとすると、小田沼さんが、本当に三鷹の自宅で、ほかの先生の原稿を読んでいたのかどうかは、わからないわけでしょう？　例えば、四谷警察署の近くにいて、電話では、自分は今、三鷹にいる。そういったことだって、考えられるんじゃありませんか？」

「確かに、そうなんですが、しかし、小田沼編集長が、僕にそんなウソをつく必要なんて、ありませんよ」

井上が、小さく笑った。

「今いったことは、間違いありませんね？　電話でいわれたんだから、あなたが、直接、三鷹に行って、そこに、小田沼さんがいることを確認したわけじゃない」

「ええ、そうです。確かに、それはそうですが」

「あなたは、四谷警察署に行って確かめて、それからまた、編集長に電話をしたんでしょう？」

「ええ、そうでした」

「その時、あなたは、小田沼編集長の、携帯に電話をしたんじゃありませんか？」

「ええ、そうです。編集長だって、僕の携帯に電話をしてくるんですから」

「だとすると、その時も、小田沼さんが、果たして本当に、三鷹の自宅にいたかどうかは、わからないということに、なりますね。携帯を持ち歩いていれば、どこででも電話を、受けられるから」

十津川は、くどく、いった。

「確かに、そうですが、どうして、警察は、そんなことにこだわるのですか？　小田沼さんが、何か怪しいんですか？」

「そんなことはありませんが、山内慶殺しについて、小田沼さんのアリバイは、あやふやなものだということを、いいたかっただけですよ」

十津川は、いった。そのあと、亀井が、

「井上さんから見て、小田沼編集長というのは、どういう人ですか？」

「いきなり、どういう人かっていわれても、困るんですが、いってみれば、僕の先輩ですからね」

「小田沼編集長は、いまお一人で住んでいらっしゃるのですか？」

「それが、わからないんですよ。あの人は、自分のことを、あまりしゃべらない人ですからね」

井上がいった。

「とすると、あなたにとっては、よくわからない上司ということに、なってきますか？」

「そうですね。今もいったように、自分のことを、あまりしゃべらない人だし、僕もきかないし、だから、どんな生活を送っているのかも、よくわからないんですよ。それに、あまりくどくどきくと、すぐに怒りますからね。だから、山内慶が殺された時も、とにかく小田沼さんの命じるままに、四谷警察署に行って、事件についてきいてきて、そのまま伝えたんです」

「じゃあ、その時、小田沼さんが犯人だとは、まったく考えなかったんですね？」

十津川が、きくと、井上はビックリした顔で、

「どうして、そんなことを考えるんですか？　考えるほうが、おかしいじゃないですか？」

「しかし、今になってみると、小田沼さんは、例の広沢さんの原稿を受け取りながら、それを一つのメッセージとして受け付けて、さまざまな事件を、処理したような気がしているんですよ。だから、山内慶さんを殺したのも、ひょっとすると、小田沼さんじゃないか？　そんなふうにも、考えていましてね」

「しかし、あの時、山内さんは自分の血でダイイングメッセージを書いているんですよ。オイチと書いている。つまり、自分が殺されたのは、お市の方が絡んでいる。そういっているんです。小田沼さんが、絡んでいるというメッセージじゃないんです」

「それなんですがね。もし、小田沼さんが、広沢さんの指示を受けていて、山内慶に会った。そして、広沢先生の奥さん、いわゆるお市の方と別れろといって、彼を殺したとすれば、当然、山内慶さんは、ダイイングメッセージに、オイチと、書くんじゃありませんか？」

「でも、どうして、編集長が、そんなことまでしたんですか？　その理由が、わかりませんが」

「つまり、成功報酬のためなんですよ。おそらく、広沢先生が、自分の妻、お市の方と関係している山内慶を、殺したいと思って、それを小田沼さんに頼んだ。さらに、将来、自分のライバルになるであろうと思われる、白川純也さんを殺すように、小田沼さんに頼んだ。そして、小田沼さんは、白川さんのマネージャーの野中さんをうまく買収して、殺させた。その結果、何か大きなものが、小田沼さんには、約束されていたのではないか？　そんなふうに、われわれは考えているんですよ」

「大きなものって、どんなものですか？」

「お市の方には、美しい妹さんがいる。その妹さんと結婚すれば、小田沼さんは、広沢一家の中に組み込まれて、莫大な遺産を、自由にできる可能性があるんですよ。小田沼さんが、金を欲しがっていたというようなことはありませんか？」

十津川がきいた。

「編集長が、お金をですか？」

「何か、そういった話を、きいていませんかね？」

「何しろ、僕は」

「ええ、わかっていますよ。編集長のプライバシイについては、ほとんどきいたことがない。小田沼さんは、自分のことを、話すのが嫌いだから。そういうことでしたね？」

「ええ、そうです」

「でも、一つか二つぐらいは、何かきいているんじゃありませんか？」

十津川が、粘った。

井上は、しばらくの間、じっと考え込んでいたが、

「ああ、そうだ。競馬場で、編集長を、見かけたことがありましたよ」

と、いった。

「小田沼さんは、競馬が好きなんですか？」

「それは、直接きいていませんが、僕が競馬場に行ったら、貴賓席みたいなところに、編集長が、座っていたんですよ。だから、かなり入れ込んでいるんじゃないか？　そんなふうに思いましたけどね」

井上が、いった。

「あなたが、競馬場に行ったら、小田沼さんは、貴賓席にいた？」

「貴賓席というのか、馬主席というのか、そういうところに、あの編集長はいたんですよ。一般の席には、いませんでしたね。だから、かなり馬券を買っているんじゃないのか？　そんなふうに、考えたのをよく覚えています」

井上が、いった。

十津川は、その線を追ってみることにした。

小田沼の周辺から、情報を集めていく。

その結果、小田沼は、競馬が好きで、東京競馬場だけではなく、京都や大阪方面にも、自分の好きな馬を追って、馬券を買うことが、あるということがわかってきた。

小田沼は、パチンコも麻雀（マージャン）もやらない。が、競馬には、日本各地へ馬を追って歩くほど、入れ込んでいることがわかった。

そして、八百万円の借金。

その額がわかった時、十津川はやはり、小田沼が、原稿を利用して、広沢弘太郎の意志をメッセンジャーとして、野中秀雄に伝え、そして、自分の力で、まず、広沢の邪魔になる山内慶を殺したのではないか？　そう考えるようになった。

（たぶん、この推理は、間違っていないだろう）

十津川は、自信を持って、そう思った。

そして、亀井刑事にこの考えを話すと、亀井は、

「これで決まりですね。さあ後は敵の本丸をどう攻めるかですね」

と、にっこりと十津川にうなずいた。そして二人で、三上捜査本部長のもとにゆっくりと歩いていった。

本作品はフィクションです。実在のいかなる組織、個人とも、一切関わりのないことを付記します。（編集部）

本書は二〇〇八年十月、講談社文庫より刊行されました。

十津川警部 湖北の幻想

西村京太郎

平成30年 1月25日 初版発行
令和6年 10月30日 5版発行

発行者●山下直久

発行●株式会社KADOKAWA
〒102-8177 東京都千代田区富士見2-13-3
電話 0570-002-301(ナビダイヤル)

角川文庫 20735

印刷所●株式会社KADOKAWA
製本所●株式会社KADOKAWA

表紙画●和田三造

●お問い合わせ
https://www.kadokawa.co.jp/(「お問い合わせ」へお進みください)
※内容によっては、お答えできない場合があります。
※サポートは日本国内のみとさせていただきます。
※Japanese text only

ISBN978-4-04-105846-6 C0193

◆◆◆

角川文庫発刊に際して

角川源義

第二次世界大戦の敗北は、軍事力の敗北であった以上に、私たちの若い文化力の敗退であった。私たちの文化が戦争に対して如何に無力であり、単なるあだ花に過ぎなかったかを、私たちは身を以て体験し痛感した。西洋近代文化の摂取にとって、明治以後八十年の歳月は決して短かすぎたとは言えない。にもかかわらず、近代文化の伝統を確立し、自由な批判と柔軟な良識に富む文化層として自らを形成することに私たちは失敗して来た。そしてこれは、各層への文化の普及滲透を任務とする出版人の責任でもあった。

一九四五年以来、私たちは再び振出しに戻り、第一歩から踏み出すことを余儀なくされた。これは大きな不幸ではあるが、反面、これまでの混沌・未熟・歪曲の中にあった我が国の文化に秩序と確たる基礎を齎らすためには絶好の機会でもある。角川書店は、このような祖国の文化的危機にあたり、微力をも顧みず再建の礎石たるべき抱負と決意とをもって出発したが、ここに創立以来の念願を果すべく角川文庫を発刊する。これまで刊行されたあらゆる全集叢書文庫類の長所と短所とを検討し、古今東西の不朽の典籍を、良心的編集のもとに、廉価に、そして書架にふさわしい美本として、多くのひとびとに提供しようとする。しかし私たちは徒らに百科全書的な知識のジレッタントを作ることを目的とせず、あくまで祖国の文化に秩序と再建への道を示し、この文庫を角川書店の栄ある事業として、今後永久に継続発展せしめ、学芸と教養との殿堂として大成せんことを期したい。多くの読書子の愛情ある忠言と支持とによって、この希望と抱負とを完遂せしめられんことを願う。

一九四九年五月三日

角川文庫ベストセラー

角川文庫ベストセラー

角川文庫ベストセラー